# 50 SO WHAT?

# 50

## SO WHAT?

내 인생, 그래! 내가 주인공이야

# 추천사

**하경태 (1970년 3월 14일 생)**

지난 2년여, 늦은 나이에 서로 격려하며 함께 공부했다. 그는 여러 얼굴을 가지고 있다. 진실을 전하기 위해 노력했던 기자, 유력 대권주자의 참모, 이젠 4차 산업 혁명과 경영을 공부하는 학생. 그리고 배운 것을 사업에 접목하는 경영인.

그의 언행 역시 다면적이다. 냉철한 현실론자이면서도 끊임없이 꿈과 가치를 이야기한다. 그래서 우리 세대가 가지고 있는 여러 모습을 그의 책 곳곳에서 찾아볼 수 있다. 그의 책을 통해 젊은 시절 나, 지금의 나, 그리고 늙어가는 나를 만날 수 있었다. 독자도 거울 앞에 선 느낌을 받게 될 것이다.

### 김재정 (71년 9월 14일 생)

X세대로 불리며 뭔가 특별한 세대로 많은 기대를 받았지만, 정작 본인들은, 교복과 민주화로 대표되는 그 전 세대에도 끼지 못했고, 한층 개인/개성화가 짙은 그 후세대와도 어울리기 쉽지 않았던 어중간한 세대. 그리고 初有의 국가부도라는 시련과 함께 시작된 사회생활. 그런 우리들이 天命을 안다는 50이 되었다. 그러나 나는 아직도 그것이 뭔지를 모르겠다. 다만, 이 책을 읽으면서, 작가가 어느 정도 해답을 줬다는 느낌… 이 책은 작가 개인의 삶에 대한 글이라기보다 세대를 뛰어 넘어, 모든 분들께 지난 삶에 대한 추억과 위안, 그리고, 앞으로의 삶, 사회/직장생활에 좋은 지침서로도 손색이 없다.

### 이환태 (72년 1월 8일생)

철없이 패기만 넘치던 시절을 지나, 어느덧 인생의 후반전을 준비해야 하는 시점. 이 책은 저자 개인의 이야기지만 곧 내 자신의 이야기처럼 들리며, 이 땅의 수많은 70년대 생들에게 치열하게 살아왔던 인생의 전반전처럼 남은 후반전도 잘 준비하라고 격려하는 하프타임과 같이 느껴진다.

## 박영인 (71년 3월 2일 생)

'누구나 자신의 역사가 있다'고 한다. 그러나 그 모두가 '中心의 괴로움'을 자신의 온몸으로 돌파해가지는 못한다. 중학교 2학년, 내가 처음 '그 녀석'을 만났을 때부터 그는 그러했다. 기꺼이 중심의 괴로움을 돌파하던 친구의 모습이 보인다. 우리는 '꺾어진 50'을 곱절이나 지나 이제는 '꺾어진 100'의 시간 앞에 섰다. 아직도 '뜨거운 자기고백'같은 이 글들을 보니 나와 우리 친구들의 모습이 보인다.

## 김진선 (71년 3월 15일 생)

저자는 절친한 친구이자 가장 존경하는 대학 동기다. 2009년 내가 사회생활에 바쁜 시절, 그는 방송사 노조위원장을 사퇴하고, 사직했다. 그 절박한 때에도 미래에 대한 희망과 준비를 놓지 않고 있음을 느꼈기에 그리 걱정하지 않았다. '친구, 네가 하는 무슨 일이든 다 잘 될 거다'라는 믿음이 있었기에. 이 책은 영화 〈리틀 포레스트〉와 같은 책이다. 두고두고 몇 번을 봐도 입 꼬리가 올라가는 심심한 즐거움을 준다고나 할까? 잠시 쉬어가도 괜찮을 70년대 생들에게 이 책이 흐뭇한 미소를 안겨줄 것을 확신한다.

### 박승록 (71년 4월 13일 생)

옷깃만 스쳐도 인연인데, 무려 102만 명이 1971년, 대한민국이라는 나라에 태어났다. 단군 이래 첫 풍요의 세대였지만 또 엄청난 시련을 겪은 세대이기도 하다. 이제 남은 수는 94만 명. 이미이 세상을 떠났거나 이 땅을 떠나 타향에 사는 친구들도 8만 명이나 된다. 이 책은 현재 이 땅에 뿌리를 내리고 사는 친구들을 위한책이고, 이젠 만날 수 없는 잊혀져간 친구들을 위한 책이기도 하다. "모두 수고했습니다. 이제 더 행복해집시다." 응답하라 1971~

### 박건영 (71년 7월 22일 생)

40년 서로의 존재를 모른 채 살다 대학원에서 만난 절친이다. 이 친구는 당최 '멈춤'을 모르는 듯, 마치 '영구 운동기관을 단 기관차'처럼 살아왔다. 그 누구보다 열정적이고 전략적인 비즈니스맨이자, 세상이 조금이라도 더 나은 곳이 되기를 바라는 휴머니스트이기도 한 그가, 71년생 우리를 콕 찍어 책을 낸다니, 한편으로 부럽기도 하고 한편으로 자랑스럽기도 하다. 글 하나하나가 삶에 대한 치열한 고민과 반추가 서려있기에, 그를 통해 자신의 삶도 한번쯤은 돌아보기를 권해 본다.

## 오무영 (71년 11월 10일)

'멋지지 않아도 괜찮아. 위신이 좀 떨어지면 어때. 힘들면 힘들다고 말하고 짐이 무거우면 같이 나누자고 말하면 돼. 많은 노력과 자기반성에 시달린 삶은 쉽게 무너지지 않아.'

산을 오르는 이유가 오로지 정상에 서는 것이 아닌 산에 머물면서 겪은 경험들까지 공감하기 위해서란 말이 부자연스럽지 않은 외환위기 속에서 살아남은 우리 세대에게 노중일작가의 글을 권한다. 이름처럼 러시아 중국 일본에서도 출판되기를 희망하며.


## 김성수 (73년 10월 22일 생)

18년 전 기자 선배로 처음 만난 그는 자신감과 열정의 화신이었다. 업무 능력과 언론관 등 배울 점들이 많았다. 하지만 끊임없이 새로운 무언가를 도모해 올인하듯 뛰어드는 그가 늘 위태로워 보였음을 이제야 고백한다. 실제로 몇 번의 시련이 그를 덮쳤다. 하지만 매번 뚝심 있게 이겨냈고, 한 고개 넘을 때마다 더 나은 사람이 되어 나타났다. 이 책은 그 과정의 결과물이다. 이젠 자신과 타인과 세계를 더 넉넉히 품는 법을 알게 된 그의 글을 읽으며 곧 다가올 나의 50을 준비해 본다.

### 김진원 (71년 12월 11일 생)

어느덧 내 나이 오십. 대한민국의 많은 변화를 온몸으로 부딪치며 정신없이 살아오다가, 문득 나이 '반백 살' 오십의 자리에 지금 서있는 우리들. 항상 부모와 자식을 위해 희생해야 했던 우리 세대. 아직도 마음은 젊지만 이제 서서히 젊은 세대에게 더 나은 미래를 위해 자리를 비켜주어야 하는 시간. 왠지 지금까지 열심히 살아오면서 가족과 사회를 위해 무엇인가 기여했다는 자부심도 있지만, 막상 자신을 위해 무엇을 했는지는 생각이 잘 나지 않는 안타까운 세대. 그래서 이 책을 통해 느껴보는 잠깐의 내 인생에 대한 쉼표의 시간. 자, 이제 더 멋진 인생을 위해 남아있는 소중한 시간 속에서 마지막으로 최선을 다할 시간.

## 프롤로그

71년, 우리나라 역사상 가장 많은 아이들이 태어났다. 102만 명. 요즘 태어나는 아이들의 수가 30만 명 정도니 어마어마한 수다. 그 때 태어난 아이들이 이제 딱 50이 되었다.

71년생들의 인생은 피곤했다. IMF와 금융위기의 직격탄을 맞았다. 사회 진입부터 나이가 먹어가는 매 단계마다 시련이 따라왔다. 허겁지겁 살아 왔는데 이제 50이란다. 아직도 기력이 충분한데 4차 산업혁명이 훅 다가오면서 사회에서 설 공간도 점점 좁아지고 있다.

늘 경쟁률이 최고인 피곤한 세대. 그러나 누구 하나 제대로 우리 세대를 대변하는 목소리를 내지 못한 바보 같은 세대이기도 하다.

내가 71년생을 대표할 순 없겠지만, 고단하고 치열했던 내 나이 또래의 삶의 한 단면을 보여줄 수는 있겠단 생각이 들었다.

50의 나이에 마주하는 희로애락 그리고 이 사회에 대한 책임의식과 고민을 적었다. 사회 발전의 발목을 잡는 답답한 기존 시스템, 그러면서도 여기에 목을 맬 수밖에 없는 우리 친구들의 비애도 적어 보았다. 그리고 호르몬 변화로 감성적이 되어가는 내면의 목소리. 가족 걱정, 건강 걱정. 그나마 위안이 되는 같이 늙어가는 친구들의 이야기도 담았다. 여기에 더해 4차 산업혁명 시대를 준비하는 내 나름의 고민도 이야기했다. 그리고 71년생인 나와 친구들에게 바라는 소망도 적어보았다.

첫째, 우리...꼰대가 아닌 첫 번째 기성세대가 되어보자. 우린 X세대라는 별난 낙인이 찍힌 세대다. 개인의 개성과 선택을 자각하고 존중하던 첫 세대였다. 이전 세대보다 민주적이고 창의적이다. 난 50을 바라보는 우리 세대의 역할이 다양성과 개방성에 있다고 본다. 우리가 연 다양성의 시작을 후세대가 더 꽃피울 수 있도록. 지금 내 위치에서 다음 세대의 바람과 창의적 목소리를 더 듣고 함께 하는 멋진 기성세대였으면 한다.

둘째, 반칙 안 하고, 사회적 자산인 신뢰를 쌓는 데 미력이나마 다해보자고 제안한다. 우리가 사회생활하면서 마주한 기존 질서는 반칙투성이였다. 어쩌면 우리도 점점 물들어 왔는지 모른다. 촛불혁명이 정치권력은 바뀠을지 모르나 경제권력, 그리고 사회를 움직이는 주류 질서를 바꾼 건 아니다.

우리가 얼마나 더 바꿔낼 수 있을지 모르지만 적어도 내 자리에서 반칙 안 하는 실천은 할 수 있지 않을까? 그런 노력이 쌓이면 이제 막 성년이 되어가는 우리 자식들이 살아갈 세상은 좀 더 나아지지 않을까?

고생은 고생대로 하면서 빛 보기 어려웠던 71년생을 비롯한 70년대 생들에게 신께서 하나쯤은 멋진 역할을 하나쯤 숨겨 두셨을지 모른다. 난 그것이 후세대의 다양성을 인정하고, 반칙하지 않는 괜찮은 기성세대가 되는 것이라 생각해 봤다.

그리고 끝으로 우리 친구들이 행복했으면 좋겠다. 개인의 행복보다 사회적 가치를 강조하던 거대 담론의 시대도 살았고, 치열하게 경쟁했고, 미워하며 닮는다고 아버지 세대를 보며 내 자신에게도 권위적 태도가 배어있다. 행복과 거리가 먼 조건들이다.

아직 남은 50년이 있으니 더 행복하기 위한 연습을 지금 시작해도 그리 늦지 않을 것 같다. 나도 서투른 행복 찾기에 더 노력을 기울이려 한다.

50을 앞둔 1년 동안 그러한 생각들의 단편을 모아 보았다. 페친들의 반응을 보며 글을 다듬었다. 결국 친구들과 함께 쓴 글이다. 우리는 모두 각자 자신이 쌓아온 서사의 주인공이다. 나의 서사일 뿐이지만 나에겐 가장 소중하기 때문에 용기를 내어 글을 모아 보았다. 나의 71년생 친구들이 처음 맞는 낯선 50대를 건강하고 행복하게 받아들이길 바란다.

2020년 초, 책에 담을 글을 거의 마무리할 무렵, 코로나 19가 전 세계를 강타했다. 부랴부랴 몇 개의 글을 써서 이에 대한 전망을 적어보았다. 안타깝게도 IMF 경제 위기, 2008년 금융위기 이후 71년생들이 겪어야 할 3번째 거대 위기란 생각이 들었다.

기도를 드린다.

부디 다들 무탈하시길...

우리가 보호해야 할 가족, 감당해야 할 더 큰 책임,

그리고 무엇보다 우리 자신을 잘 지켜내시길.

시련에 무릎 꿇지 않기를...

설혹 쓰러지더라도 다시 일어날 수 있길...


이 기도를 끝으로

책을 쓰기 위한 나의 모든 여정을 끝낸다.

2020년 3월 26일

50세 생일에

노중일

# 목<br>차

## 1장   이젠 나와 좀 친해져볼까 합니다  *020

50 SO WHAT?

## 특별장 1  사람 사는 세상  *306

## 특별장 2  듣고, 쓰고, 말하다  *324

1장

이젠 나와
좀 친해져볼까 합니다

*I'm the main character of my life.*

가보지 못한 다른 길을 갔더라면.

그 때 좀 더 편한 선택을 했더라면.

만약 그 싸움에 휘말리지 않았다면.

슬픈 그 사랑에 빠지지 않았더라면.

가끔 그런 가정을 해본다.


100% 만족할 수 없는

인생이기에

불완전한 내 인생을

상상으로라도 다시 그려본다.

부질없는 걸 알면서도.

그렇다면 정말 만약
매 순간 최선의 선택,
혹은 손해 보지 않는
합리적 결정을 내렸다면
그 결과물인 나는 어떤 모습일까?

아픔 없고 멀끔한,
그래서 상처 없고,
고통을 모르는.
그리하여 남의 아픔에 공감하기 어려운
그 결과 홀로 존재하는
그런 외로운 인간이지 않았을까?

앞으로 이 나이에
더 실수하거나
더 상처받고 싶진 않지만.
나이 들며 그럭저럭
오류투성이에 상처 많은 내게
스스로 연민과 애정을 갖게 되었다.

애쓰며 살았다.
그만하면 되었다.
이제 그리
아등바등하지 않아도 된다.

# 쓸데없는? 쓸 데 있는!

어릴 적 아버지는 무척 검소하셨다.
자식들이 작은 것 하나 낭비하거나
합당하게 돈을 쓰지 않으면
많이 혼내셨다.

그래도 꼭 써야 할 때는
큰돈도 주저 없이 쓰시곤 했다.

갖고 싶은 예쁜 필통,
멋진 연필 등이 '쓸데없는' 소비의 범주에 들었다.
어린 마음에 사겠다고 떼를 쓰면
어김없이 꾸중을 들었다.

그렇게 자라난 나도

삶의 필요와 직결되지 않으면

쓸데없는 것이라 여기는 것 같다.


문학도, 취미도, 사치품도,

내겐 오랫동안 관심거리가 아니었다.

그저 있어도 그만, 없어도 그만인 것들.


아마 아버지가 살아계셨다면

오늘 주고받는

빼빼로도 쓸데없는 것이라

여기셨을 것 같다.


아침 출근하고 발견한

책상 위 빼빼로 몇 통.

먹으면 더부룩해져 좋아하지 않는 빼빼로.

쓸데없는 선물이지만

누군가 나를 생각해준다는 느낌에

하루가 흐뭇해진 걸 부인할 수 없다.

가만 생각해본다.


쓸 데 있는 것만 가득한 세상.
여백도 빈틈도 없는 빡빡함.


참 재미없겠단 생각이 든다.


살다보니
완전히 쓸데없는 건 없는 것 같다.

# 건강검진

나이가 들면서
건강검진을 받을 때마다
점점 더 긴장한다.

젊을 때야
기본적으로 건강했지만
이젠 그렇지 않다.

성인이 되고 오랜 시간 동안
몸에 안 좋은 건 다 했던 것 같다.
술, 과로, 불규칙한 생활...

내 삶의 태도가
객관적 수치로 나타나는 것 같아
때론 부끄럽다.

지난해부터 꾸준히 운동을 한다.
늦었지만 그동안 버텨준 몸에 대한
최소한의 예의다.


앞으로 하고 싶은 일.
해야 할 일.
누려야 할 기쁨,
견뎌야 할 고통에 대한
기본 투자이기도 하다.


운동은 계속 하고 있으니
술, 과로가 해결해야 할 과제다.
먹고 살려면 일을 줄일 순 없고
술을 줄이는 게 답이란 걸 뻔히 알지만


아...모진 인연이라
이별하기 쉽지 않다.


내가 좀 정이 많다.

👍 30 💬

50 SO WHAT?

난 성정이 불같을 때가 있다.

화가 나면 버럭 하곤 한다.


조직을 책임지게 된 후

거의 화를 내지 않는다.

조직의 수장이 평정심을 잃으면

구성원들이 동요할 것이기 때문이다.


문제점을 지적할 때도

더 나지막하게

조곤조곤 말하려 노력한다.

몇 개월 지나다 보니

그게 맞는 것 같다.

문득 후회되는 게 있다.

가족들에게도 진즉 그럴 걸.

나의 '버럭'이

가족과 나 사이에 거리를 만들었다.


성정을 다스리지 못한 난

겉만 어른이었다.


50을 코앞에 두고

너무 늦은 깨달음 아닌가 자책한다.

맞서는 게 강한 것이 아니라

품는 게 강한 것인데...


이제야 어른이 되려나?

내가 제일 좋아하는 옷.

대학생들이 즐겨 입는 점퍼다.

박사과정 동료들과 맞춰 입었다.


학교 밖에서 입기는 좀 그래서

운전할 때,

학교에서 공부할 때만 입는다.


이 옷은

묘한 힘이 있다.

시간을 한 15년쯤

돌려놓는 것 같다.

예비군복 입으면 짝다리에 건들거리듯
이 옷을 입으면 나도 모르게
한결 젊고 힘찬 발걸음이 된다.

젊은 시절, 하고 싶었는데 못했던 것들,
후회되는 일들,
이 옷을 입으면
마치 바로잡을 기회가
조금이라도 남은 것처럼 느껴질 때가 있다.

따뜻한 점퍼 안감에
마지막 젊음이
누벼져 있는 것 같은 착각.

부질없어도
그 착각에 가볍게 설레기도 하고
낡고 늙은 학생의 마음이 위로받는다.

# 사랑

누구를,

얼마나,

어떻게.


그런데

사랑은

원래 '왜'가 없다.


'왜'라는 물음은

이미 사랑에 빠진 후

서둘러 이유를 찾는 변명에 불과하다.

나의 비이성적 선택을
그럴듯한 이유를 붙여
스스로 합리화하는 것.

예뻐서,
착해서,
지적이어서.
너무 협소한 규정이다.

하나의 우주를 내 안에 들이는 것을
설명하는 데
옹색하고 한정적인 단어들이다.

인간이란 우주를 사랑할 때
이 현상을 충분히 설명할 언어란
애당초 존재하지 않는다.

언어로 설명할 수 없으니
사랑은 무한대다.

그냥 인정하거나

그 엄청난 실체에 압도되거나.


중년 불면의 밤,

와인이 사랑을

주제로 글을 쓰게 만들었다.

회사 체육대회.
수백 명의 직원들이
한 자리에 모였다.


뛰고, 구르고, 소리 지르고...


이제 난, 참여보다는 관람.
전망 좋은 자리에 터 잡고.


젊은 직원들은
얼추 스무 살 차이가 난다.
체육관을 둘러보니
내 나이가 어림잡아 상위 3%.

내가 오래 살았구나.
혹은
내가 오래 살아남았구나.


젊음의 에너지가
뿜어져 나오는 공간에서
가는 세월이 선명히 보인다.


망설이던
염색에 대해 다시 고민한다.

이 한옥으로 이사 온 건
6살 때다.


난 이 집에서 유치원부터
초중고, 대학, 대학원까지 다녔다.
20년쯤 살았다.


그 후 또 20년이 넘게 흘렀다.
그동안 다른 여러 가족들이
이 집을 거쳐 갔다.


손보지 않으면 안 될 만큼 낡았다.

👍 40   💬

세월의 흔적을 지우기로 했다.

뼈대만 남기고.

집에서 키우던 개.

동생과 치고받고 싸우던 마루.

실연 후 담배 피우던 마당.

스멀스멀 옛 기억이 떠올랐다.


40년 전 젊은 아버지가

가꿨던 그 집에

다시 생명력을

불어 넣는 작업은

늙은 아들 몫이 되었다.


아버지 묘소를

살피러 가야 할 때가 된 것 같다.

# 새로운 도전

해외 영업을 맡은 이후
어느 정도 외모를 위해 노력하는 건
필요한 일이라고 생각했다.


정말 오래 고민했다.
자글거리는 주름.
자꾸 신경이 쓰였다.
이대로 살까?
노력이라도 해볼까?


오늘,
부끄러움을 견디며

화장품 매장에서
마스크 팩을 샀다.

아재에겐 금단의 영역,
수줍게 들어가
후다닥 고르고 셈을 치렀다.

오늘 결국,
난 내 안의 벽 하나를 더 깨고
예뻐질 자유를 얻었다.

# 그 시절

멀리서 대학생들의
수다가 들린다.
재잘재잘.
전혀 알아듣지 못하겠지만
즐거움이 그대로 전달된다.

나도 그 시절 그랬는데
나름 밝고 환했는데
웃는 모습이 자연스러웠는데.
요즘 어쩌다 사진에 찍힌 내 얼굴은
억지웃음이다.

길을 가다 유리에 비친 모습도
칠팔 할이 심각 모드.
뭐 그리 고민할 게 많다고.


내려놓고, 마음 비우고
가볍고 명랑하게
모든 것에 너무 의미두지 말고.


즐겁게 웃는 것조차
큰 결심하듯 고민하는 나.
어휴... 천성이다.

# 청바지

청바지를 입고 출근했다.
직장 생활 중 처음이 아닐까?
체중을 줄인 칭찬으로
내게 사준 봄 선물이다.


주책이란 말 들을까봐
집 나올 때 아내의 시선을
교묘히 피했다.


화창하면 더 좋으련만...
고루했던 내겐
작지만 용기가 필요한 시도다.
하루 종일 즐거울 것 같다.


👍 46    💬

# 식별과 투신

지력, 신앙, 감각을 모두 동원해

옳은 선택을 하고

온몸을 던져 실천하는 것.


오랫동안 내 좌우명이었다.

예수회의 가르침이기도 하다.

그러나 세월이 흐르면서

이 좌우명대로 사는 게

너무 힘들다는 것을 깨닫게 된다.


식별.

옳고 그름으로 나눌 수 없는 것이 너무 많다.

한때 옳은 것이 곧 그름이 되기도 하고,

선한 의도가 악한 결과를 낳기도 한다.

무엇보다 옳음, 정의를 온 생애에 걸쳐 감당하기에

인간은 너무 나약하다.


투신.
딸린 식구가 있는 가장으로서
가치에 목매 감행했던
몇 번의 투신으로 나와 가족 모두
큰 상처가 남았다.


이젠 좌우명이랄 게 없다.
젊은 시절 호기롭게 말했던
식별과 투신이란 말의 무게가 버겁다.


좌우명을 구성하는 몇몇 단어에
나를 가두고 싶지 않다.


그저 희로애락을 느끼며
인생을 성실히, 예쁘게 살고 싶다.


날라리 신자의 변명이다.

# 마음의 길

내 출장은 비교적 단조롭다.

저녁엔 대부분 호텔방에서
넷플릭스나 책을 본다.
체육관이 있으면 운동을 한다.

거의 나다니지 않는다.
길을 잃을까봐.
찾아오는 길과 마음의 길 모두.

지금 나이에도 가끔,
특히,
마음의 길을 찾는 데 힘들 때가 있다.

# 송구영신(送舊迎新)

어금니를 뽑고 임플란트를 했다.
두 달 전부터 잇몸이 아팠다.
오랜 기간 수고한 소중한 어금니를
어쩔 수 없이 떠나보냈다.

의사 선생께 어금니를
구제해 달라고
몇 주 통사정했지만
아픔 때문에
결국 백기 투항했다.

아무리 소중해도 결국 떠나보내거나
어떤 경우에는 버려야 할 경우가 있다.

임플란트가 자리를 잡고

제 역할을 하기까지

3-4개월은 걸린단다.


새것이 내 안에 들어오는 것도

역시 힘든 일이다.

 52

# 시간

---

나이를 먹으면 시간이 빨라진다.

유사한 기억을 뇌에서

압축하기 때문이란다.

일어나 밥 먹고 회사가고

가족이나 친구와 보내는 평범한 일상은

하나의 기억 덩어리가 되어 압축된다.


어제 혹은 1년 전의 아침 식사 시간은

뭉쳐져 하나로 인식된다.

유사 경험이 늘어날수록

내가 인지하는 과거의 시간은

상대적으로 짧아진다.

인지하는 시간을 늘리는 방법은 두 가지.
잊지 못할 특별한 경험을 하거나
일상에 의미를 부여해 기록하거나.


요즘 내 페북글이 부쩍 늘어난 이유다.


내게 주어진 시간을
압축하고 싶지 않다.
도전하고,
경험하고,
사랑하고,
의미를 부여하고,
기록하고...


한정된 시간은
사람을 간절하게 만든다.
나이가 들었단 증거다.

보헤미안 랩소디를

차에서 틀기 시작한 이후

과속 과태료 고지서가 4장이나 날아왔다.


아, 주책.

나잇값을 못하고 있구나.


불혹이 훌쩍 지났건만

아직 심장 박동이 빨라질 때가 있다.


그래도...

아니, 그래서... 좋았다.

# 중년

20여 년 만에 다시 찾은 타이페이.
더듬더듬 중국어를 배우던 청년이
머리에 서리 내린 중년이 되어 왔다.

흐르는 세월이 한스럽기도 하지만
젊을 때 모르던 시간의 소중함을
하루하루, 한 시간 한 시간
절절히 느끼게 된 것은
나이란 값비싼 수업료를 내고
그나마 어렵사리 배운 것이다.

내가 살고, 또 죽어가는 시간.

사랑하고 또 미워하는 시간.

생산하고 또 파괴하는 시간.

종국 내 서사를 완성해 나가는 시간.


그리 반백을 살았고

얼마 남았는지 모르나

남은 시간은, 남은 시간도

치열한 의미로 채워나가고 싶다.

몇 개 없는 30대 초반 사진을 보았다.
겉늙었다.
가장이었고 기자였다.

엄숙했고 의무에 눌려있었다.
당위에 집착했다.

이후 난 언론 운동,
노동운동, 실업, 정권과 싸움,
또 실업, 정치...
참 힘겹게 살았다.

그때 좀 더 자유로웠다면,
더 넓은 세상, 더 다양한 가치,

그리고 더 많은 사람을 알고
사랑할 수 있었더라면...


후회하지 않지만 아쉬움은 있다.


인생 중후반에
세계를 주유하게 되니
이런 부질없는 상상도 해본다.

어릴 땐 불혹<sub>不惑</sub> 과 지천명<sub>知天命</sub> 이
성인<sub>聖人</sub> 이 도달하는 어떤 경지라 생각했다.
나도 그 수준에 이르길 바랐다.
그런데 막상 그 나이가 지나니
생각이 좀 달라졌다.

공자의 시대는
40까지 살기 힘들었다.
40이면 죽을 나이가 됐기 때문에
신체 기능이 크게 저하됐을 것이다.

몸이 아플 때는 딴 생각을 할 틈이 없다.

어떤 유혹에도 관심을 두지 않는다.
불혹이 혹시 그런 자연스런
노화 과정에서 만들어진 말은 아닐까?

지천명 역시 마찬가지다.
죽을 때를 지났으니
삶과 죽음이 한 몸이다.
그러니 천명을 안다고 할 수 있지 않을까?

나이가 아무리 먹어도
불혹이나 지천명의 단계에 들지 못한 것이
부끄러웠는데

관점을 바꾸니
나의 철없음이 당연한 것 같다.

나는 아직 호기심과 꿈이 있기에
충분히 젊다.

# 지연

런던에서 상파울루까지

12시간 넘는 비행.

거기에 한 시간 넘게 지연되고 있다.


이마저 제대로 가려나...

죄 없는 와인만 줄곧 비우고 있다.


엎어지면 쉬어가고,

더뎌도 방향만 맞으면 되고,

세월이 가르쳐준 게 뭐 그런 거지...


멈출 때 조급해지지 않는 나이가 되어 좋다.

연구실에서 하루를 날 준비를 끝냈다.

사이즈 큰 커피.

점심으로 혼밥할 샐러드와

참치캔 한 통 그리고 두유.


논문을 읽다가

한눈을 팔 넷플릭스 영화.

지난겨울 이후 반복적으로

듣고 있는 애절한 음악.


날씨는 완벽하게 맑고 서늘하다.

선글라스를 끼고
산책을 할 것이다.

음악을 나즈막히 깔고
낮잠도 잘 것이다.

내키면 학교 앞 목욕탕도 갈 거다.

소소하지만
완벽히 만족스런 상태다.
오랜만에 마음이 잔잔한 호수 같다.

Thanks, God.  It's ... Saturday!!!

오랜만에 비가 왔다.
무디고 무뎠던 내가
계절과 날씨 변화에
민감하게 반응한다.

40대 중반까지도
비와 눈은 단지
출퇴근을 힘들게 하는
성가신 존재였다.

그러다 마흔아홉.
비가 오니 비가 느껴졌다.

해가 눈부시면

광장으로 나간다.


비가 아까워,

해가 아까워,

시간이 아까워 그런다.


젊음은 지고

석양 걸린 이 시간,

모든 게 소중하다.

# 비 2

네 덕분이다.
밤잠 편히 잔 것이.
네가 열기를 식혀줬구나.


새로운 일 때문에
답답한 일 때문에
몸과 마음에 열이 쌓였는데
차분히 식혀 주어 고맙다.


빗소리 하나,
빗소리 둘,
다닥 다닥 다다닥

그 소리에 맞춰

오늘 일을 정리하고.


빗소리가 내는

다양한 음계에 맞춰

내 성정의 높낮이도 조율한다.


오늘 차분해질 수 있을 것 같다.


창밖으로부터

시원한 습기 머금은 바람이 훅.


오늘 비가 좋다.

집안 구석에 있던
농구공과 농구화를 차에 실었다.


노동절 아침 일찍,
20여 년 전
거의 탈진할 때까지 뛰었던
학교 농구장에 섰다.


그때처럼 거친 몸싸움은
이제 꿈도 못 꾸지만
나름 오늘 드리블과 점프가 가볍다.


심장박동과 선선한 바람을
온몸으로 느꼈다.

땀을 충분히 흘리고

절룩거리며,

또 히죽거리며

연구실로 돌아왔다.


잠시 의자에 기대어 눈 좀...


호접몽胡蝶夢.


풋풋했던 그 누구와 함께 거닐던

20대 눈부신 봄날의 캠퍼스가

꿈에 보이려나.


그런데...

그때 꿈꿨던

중년의 내 모습은 오늘 나와 닮았나?

# 아재도 관심받고 싶다

지난 토요일,
일주일 만에 연구실을 찾았더니
나의 반려식물이
생기를 잃고 축 늘어져 있었다.
술 먹느라 밖으로 도는
주인에게 원망하는 자세다.

부랴부랴 물을 주고 이틀 만에 보니
잎과 줄기가 하늘을 향해
씩씩하게 뻗어 있다.
작은 노력에 이리 극적으로
반응하니 오히려 내가 감동이다.

사람이나 생명이나

관심을 갖고 돌봐야 한다.

그런데 식물은 물주고 햇빛 좋은 곳에

놓아두면 충분하지만

사람은 좀 많이 복잡하다.


사춘기 자식에겐 관심이 독일 때가 있다.

난 아직도 아내가

무엇을 좋아하는지 잘 모른다.

친구, 직장 동료, 선후배.

각각에게 걸맞은 관심과 사랑의 표현도

넘치지도 모자라지도 않게 해야 한다.


중년이 되면서

관심 갖고 돌볼 대상은 점점 많아진다.

부담은 눈덩이처럼 커져만 간다.


하지만 정작 나 같은 아재들은

근엄한 존재, 어려운 존재,

꼰대 같은 존재로 취급받으면서

불가촉 인간이 되어버리기 십상이다.

관심 밖 존재가 된다.


남에게 물을 퍼주기만 하고

내 화분에 담지 못하니 말라버린다.

그게 일반적인 아재다.

(아재들의 등짝은 그래서 다 쓸쓸하다.)


그러니 아재들도

물을 줘야 시들지 않는다.

나를 이젠 그냥 너그러이 인정해 주기로 했다.

2장

기어코

살아남았습니다

For the main character of his life

# COVID-19

2020년 3월 28일

연구실에 오자마자
불안한 마음에 간단한 산식을 만들어
시뮬레이션을 돌려보았다.
(내 계산이 모두 잘못된 것이길 기도한다.)

코로나 양성자가
평균 1.5명에게 전파하는 시나리오부터
2.5명에게 전파하는 시나리오까지.

3.28일 현재
전 세계 확진자 수는 57만 여명.

지금과 같은 확산 속도라는 전제를 달고,
전 세계 확진자가 100만 명이 되는 데
앞으로 5일도 안 걸린다.


과거 메르스 대책반 때 경험을 떠올려보니
이제 세계 경제를 멈추지 않고
확산을 막을 방법은 없다는 생각이 들었다.


첫째,
대한민국처럼 첨단 IT기술로 추적해 관리할
사회적 인프라를 갖춘 나라가 별로 없다.


둘째,
인프라를 갖췄다고 하더라도
이미 확산세가
통제할 수 있는 범위를 넘었다.


전 세계가 극단적 통제를 실시한다 하더라도
확산의 속도만 늦출 뿐이다.

현 의료 시설로
관리할 수 있는 수준의 환자만 늘어난다면
성공적으로 대처하는 것이다.

이 시나리오의 전제는
세계경제가 거의 멈추는 통제다.
당연히 공황 같은 경기 침체가 뒤따른다.

다른 선택지는
전 세계가 막대한 사상자를 감수하고
통행과 경제활동을 허용하는 것이다.

이 경우 환자 폭증으로
의료 체계는 붕괴될 것이다.

점점 시간이 지나면서
이번 코로나 사태는 최악의 재앙이 될
가능성이 커지고 있다.

엄청난 수의 감염과 사망
그리고 경제적 재앙.


일상을 사는 우리도
모든 경우의 수 중
가장 나쁜 시나리오까지 염두에 두고
대응 방안을 준비해야 할 것 같다.


정말 한 번도 겪어보지 못한
너무나 두려운 상황이 벌어지고 있다.


그동안 찾지 않았던 신께
다시 기도하게 된다.

2장 기어코 살아남았습니다

# 위기 그 이후

2020년 3월 31일

좀 더 모델을 다듬어

코로나 확산과

이를 억제하려는 각국의 노력을

감안해 시뮬레이션을 다시 돌려보았다.


어떻게 손을 보아도

결과는 크게 다르지 않았다.

엄청난 위기.

감염 확산은 시간과 속도의 문제일 뿐이다.


감염되어 사망에 이르는 사람뿐만 아니라

감염 확산을 막기 위해

강력한 사회직 통제를 실시할 경우
자본주의 시장경제를 뒤흔들 충격이 불가피하다.


나도 여러 위기를 겪었지만
이번 위기는 질적으로 다르다.


생명의 위기,

경제 위기,

자본주의의 위기,

사회질서의 위기,

관계망의 위기,

가치의 위기.


마치 지구에 운석이 충돌해
생명의 멸종과 새로운 종의 탄생을
만들어 낸 것에 비유할 수 있을 것 같다.


한 주, 한 달 뒤가 다르고,
두 달 뒤가 다를 것 같다.

이제 위기는 상수이고
우리의 대응이 독립변수며
위기 이후의 삶이 종속변수다.
위기에 대한 대응이
남은 우리의 삶을 결정지을 것이다.


국가는 국가대로,
조직은 조직대로,
개인은 개인대로.


지금부터 자신의 가용자원을 어떻게 분배하고
위기국면과 이후를 대비할지
치열하게 고민해야 한다.


생사를 가르는 선택의 순간이
앞으로 상당기간 지속될 것이다.


정답은 없다.
이 위기의 중대성을 인식하고

하루리도 빨리 자신에게 맞는
최선의 준비를 해야 한다.

나의 이 우려가 기우이고,
나의 판단이 오산이길 간절히 기도한다.

모두 잘 살아남으시길.
생존해, 위기가 다 끝나고
추억담으로 오늘 이 순간을
이야기할 수 있길 간절히 기도한다.

나 자신을 굳건히 하시고
이 모든 시련에 무릎 꿇지 않으시길.

모두에게 신의 축복이 있기를 기도한다.

# 미증유

2020년 3월 22일

이 글을 쓸지 몇 번 고민했다.


난 IMF 외환위기 직후에

위기 원인과 한국 언론의 보도 태도에 대한

논문을 썼다.

2008년 금융위기 땐 경제부 기자로

위기의 현장을 리포트했다.

최근엔 경제 위기의 확산 경로에

대해 학습했다.


그리고 우연찮게도

공무원일 땐 메르스 대책본부에 참여했다.

감염병의 충격과 부서움에 대해서도
깊이 인식하고 있다.
경제 위기와 감염병의 상관관계.

현 상황에 대한 내 결론은
미증유의 경제위기다.
어쩌면 앞으로 공황이라 부를 수도 있을 것 같다.

조금 더 나간다면
현 자본주의 시스템의 위기까지
이어질 수도 있다.
본질은 전 세계 규모의
동시다발적 금융위기와 실물위기의 복합.
그리고 예측 불가능성이다.

2008년 금융위기 이후
주요 국가들은 엄청난 돈을 풀었다.
제로금리와 양적 완화.
근본적 처방보단 계속 진통제를 투여한 거다.

이제 약발이 다할 때가 왔다고 생각했다.

그런데 세계 경제의 면역력이 떨어진 상태에서

코로나라는 생각지도 못한 충격이 닥쳤다.


미국과 유럽, 그리고 남미.

아프리카, 인도와 아시아.

과연 어디가 충격 없이 지날 수 있을까?


위기 전파의 경로를 단순화하면 다음과 같다.


**1** 실물경제와 금융시장의 엄청난 충격

**2** 세계 기업의 도산과 대규모 실직

**3** 금융기관의 연쇄 도산

**4** 취약국가의 연쇄적 국가 부도 사태

**5** 뫼비우스의 띠처럼 이런 상황의 반복

**6** 예측 불가 상황이 상당 기간 지속


현재는 1과 2 사이 단계이다.

2를 막기 위해

또다시 각국이 엄청난 돈을 풀고 있지만
효과는 제한적일 수 있다.


인간의 욕구 중
소비보다 생존이 우선이다.
생존을 위한 최소한의 소비 이외에
다른 소비는 상당 기간 멈춤이다.


돈을 아무리 풀어도
소비가 활성화되지 않는다.
그것도 세계 전체가.


기업은 달리지 않으면 쓰러지는 자전거다.
소비가 실종된 상황에서
기업이 쓰러지면 노동자도 쓰러진다.
상황은 악화되고 당연히 금융도 더 위험해진다.


그나마 한국 정부가
다른 나라보다 대응을 잘하는 것 같다.

하지만 자본주의는 거미줄 같은 연결망이다.

우리 혼자 잘한다고

위기가 피해가지 않는다.


나 같은 50대에겐

3번째 맞는 거대 위기 국면이다.

과거 두 번의 큰 위기처럼

이번에도 살아남아야 하지 않나?


조직과 가족.

전보다 더 큰 책임을 지고

위기 앞에 선 친구들에게

심호흡 크게 한 번 하고

지혜롭게 이 위기를 넘기자는 의미에서

이 글을 썼다.

92

50 SO WHAT?

# 진실과 루머

2020년 2월 6일

메르스가 맹위를 떨칠 때
난 충남 대책본부에서
메르스 상황과 도의 대책을 담은
공식 발표문을 책임지고 있었다.

매일 매일
피 말리는 작업이었다.

당시 정부는
진실을 제대로 알리지 않았고
점점 확산되는 메르스에
속수무책이 되어 버렸다.

몇몇 지자체는
정보를 솔직하게 공개하고
시민들의 이해와 협조를
구하는 방향으로 선회했다.

마치 밝은 햇볕을 쪼이면
균들이 죽듯이

정보를 공개하자
시민들의 불안도 줄어들었고
시민들의 자발적인 노력으로
메르스의 기세는 점차 꺾였다.

중국의 엄청난 전염병 확산세는
초기에 진실을 숨겼기 때문이다.

진실과 루머가 섞여서
누구도 정부의 말을 믿지 않게 되면
사태는 걷잡을 수 없게 된다.

살면서 진실의 힘이 얼마나 큰지 알게 된다.


진실을 밝히는 것이 업인 기자와

수많은 대중을 이끄는

정치지도자의 참모를 거치며

진실은 비록 아프더라도

있는 그대로 알려져야 한다고 믿게 되었다.


티끌 같아 보이던 진실이

태산을 무너뜨리는 것도 목격했다.


그리고

그 진실의 무게를 감당하지 못한다면

지도자가 되기 어렵고,

설령 지도자가 된다 해도

사회를 바로 이끌지 못한다고 생각하게 되었다.


진실을 가리면

그 어느 것도 도모할 수 없다.

　시련 없는 인생이 어디 있겠는가? 나 또한, 이런저런 사연을 안고 3-40대를 보냈다. 그 중 하나가 iTV 정파 사태다. 16년 전 다니던 방송사가 문을 닫았다. 2004년 12월 31일. 지상파 방송사 초유의 일이었다. 그날의 모든 장면이 아직도 생생하다. 방송이 정파되는 순간, 정문을 사이에 두고 문밖으로 쫓겨난 조합원들과 방송사를 지키는 경찰, 용역들이 대치하고 있었다. 주객이 바뀌었지만 우린 속수무책이었다.

　난 돌 지난 아들과 4살 딸, 그리고 불안한 눈으로 남편을 지켜보며 내색하지 못하는 아내와 송도 겨울 찬바람을 온몸으로 맞았다. 마지막 방송을 지켜보며 우리는 모두 울었다. 새로운 방송사를 우리 힘으로 만들자며 함께 다짐했지만, 미래의 불안을 떨치기에는 역부족이었다.

정파의 순간까지 많은 일이 있었다. 난 회장의 관심을 받는 기자였다. 선배, 동료들을 제치고 가장 많은 특종을 따낸 기자였다. 경찰서 하나를 연이은 고발 기사로 쑥대밭을 만든 후 회장의 각별한 격려를 받았다. 뒤돌아보면 회장은 나를 쓰기 좋은 연장쯤으로 여겼던 것 같다. 그때 난 성공의 고속도로를 탄 것 같은 착각에 빠지기도 했다.

그러던 중 내 인생을 뒤바꾼 사건이 벌어졌다. 우연치 않게 문건 하나를 입수했다. 방송사를 홍보 도구로 이용해 인천시장에 출마하겠다는 회장의 계획서였다. 분노했다. 고민 끝에 난 이 문건을 노조를 통해 세상에 공개했고, 직접 그 내용을 메인뉴스를 통해 방송했다. 방송 송출 여부를 끝까지 고민하다 허락해주신 임원분께서는 그 방송 후에 한 달도 되지 않아 심장마비로 돌아가셨다.

시련의 시작이었다.

그 전부터 꾸준히 방송의 공정성을 요구했던 조합원들의 목소리는 더욱 커졌다. 회장은 물러났지만 대주주와의 갈등은 더욱 격렬해졌다. 언론노조와 정치권도 중재를 위해 노력했지만 사측은 직장폐

쇄를 단행했고, 결국 방송통신위원회로부터 재허가를 받지 못했다.

우린 2년여 동안 실업의 고통을 겪어야 했다. 300명의 직원들, 가족까지 천여 명... 실업 기간 동안 조합원들은 생존을 위해 프리랜서, 세차장, 호프집 등지에서 일하며 새 방송사를 만드는 일에 동참했다. 적지 않은 수의 부모님들이 이 기간 돌아가셨다. 상가에 갈 때마다 큰 불효를 저지른 것 같아 마음이 아팠다.

난 전면에 나서 새 방송사를 만드는 일에 참여했다. 시민단체, 국회 등을 다니며 여론을 조성하고 우리 편을 늘려갔다. 조합원들과 함께 수십 억 원의 시민주와 2만여 명의 발기인을 모았다. 결국 2년여 만에 우리는 새 방송사를 만들었다. 새 방송사 사업자가 선정되는 순간. 조합원들과 가족들은 또다시 눈물을 흘렸다. 아마 밤새 기쁨의 술을 마셨던 것 같다. 우리가 만들 새롭고 건강한 방송사에 대한 부푼 꿈으로 적어도 그 순간만큼은 세상에서 가장 행복했다.

하지만 모든 드라마가 해피엔딩일 수 없다. 얼마 지나지 않아 또 다른 시련이 다가왔다. 시련은 시시각각 모습을 바꿔가며 다가올 수 있다는 것을 깨달았다.

기쁠 때 기쁨에 도취되지 않고,
슬플 때 그 슬픔에 매몰되지 않는 법을
이때 배웠다.

인생은 참 모질다는 것도
덤으로 알게 되었다.

시
련
2

나는 OBS 입사 1호 사원이다. iTV 출신 선배 4명과 함께 처음으로 입사했다. 첫 출근 날 가슴이 벅차올랐다. 노조가 중심이 되어 공익적 민영 방송사를 만들었다는 자긍심. 미래에 대한 자신감이 충만했다. KBS, MBC, SBS를 뛰어넘는 좋은 방송사를 만들겠다고 다짐했다. 그리고 아직 재고용되지 않은 동료 조합원들을 하루빨리 불러와야 한다는 책임감을 느꼈다.

OBS가 천신만고 끝에 사업권을 땄지만 방송허가를 받은 것은 아니었다. 어떤 일인지 차일피일 방송허가가 연기되었다. 그 와중에 5대 주주였던 CBS와 일대주주인 영안모자 간에 경영권 분쟁이 발생했다. 복잡한 속사정은 여기서 말하지 않겠다. CBS 측이 추천해 초대 OBS 사장이 된 신모 씨는 영안모자, 회장과 나눈 이야기를

100

녹취했고, 이를 국회 국정감사장에서 폭로했다. 미국 정계와 유대 관계가 깊던 백성학 회장이  한국 정보를 미국에 넘기는 '미국 간첩'이라고 주장한 것이다.

이후 방송 허가는 더욱 지연되었고, 아직 재고용되지 않은 조합원들과 그 가족들의 시름은 더욱 깊어졌다. 난 이 사건이 하루 빨리 정리되고 방송허가를 받을 수 있도록 최선을 다했다. 국정감사 이후 CBS가 백성학 회장이 미국간첩이라며 보도한 엄청난 수의 기사에 대응하기 위해 자료를 수집하고, 대응 논리를 만들었고 CBS 주장을 반박하는 신문 광고 초안을 만들었다.

수개월에 걸친 고통의 시간이 지나고 결국 방송허가는 났지만 조합원들은 그 과정에서 심신이 피폐해졌다. 신문 광고를 통해 CBS 주장을 반박하고 OBS와 백 회장을 방어했던 나에게도 고소장이 날아들었다. 법정 공방 끝에 일부 고소와 관련해 명예훼손 혐의로 벌금형을 받았다. 난생처음 법정에 섰지만 방송허가를 따내고, 조합원들과 다시 일할 수 있다는 만족감에 고통을 감수할 수 있었다.

거의 2년여의 긴 시간이었다. 공익적 민영방송이라는 꿈을 실현하기 위해 치러야 했던 비용이 너무 컸다. 지금 다시 그 고통을 겪으라고 하면 아마 못 할 것이다. 젊었으니 가능했다. 앞뒤 따지지 않고 뛰어들었다. 기자를 업으로 선택한 이상 건강한 언론사를 만들어야 한다고 생각했다.

그 모든 과정을 지탱할 수 있었던 힘은 끈끈한 동지애로부터 나왔다. 이제는 직장생활에서 좀처럼 찾아보기 어려운 동지애. 우린 한 직장의 동료 이상이었다. 가족이고 형제였다. 실업자 신세여도 저녁 소주는 끊이지 않았다. 아르바이트로 돈이 생긴 조합원들은 조합 사무실에 뭐라도 들고 왔다. 수고한다며 음료수며 과일을 놓고 갔다. 전면에 나선 사람들의 노고를 소주로 달래주기도 했다.

사회생활을 하면서 느꼈던 가장 끈끈한 동지애였다.

그 시간이 내 인생에서 가장 힘들고
동시에 찬란한 시간이었다.

누군가 말했다. 뜻을 함께하는 평생 동지 5명만 있으면 정권도 바
꿀 수 있다고. 200명의 동지들은 적어도 한국 방송사에 남을 큰 사
건을 만들어냈다. 이후 어떤 일을 도모할 때 사람부터 본다. 그들이
내가 동지애로 뭉칠 수 있는지. 슬픔과 기쁨을 같이 나눌 수 있는지.

시
련
3

2009년. 난 조합원들과 함께 죽을 고생을 해 만든 OBS를 떠났다. 그때 난 노조위원장이었다. 그 시절, 방송사마다 사장으로 임명된 소위 낙하산 사장을 막기 위한 싸움에서 졌기 때문이다.

마지막 결단을 내리기 위해 혼자 여행을 갔다. 첫 장소는 보성 차밭. 잠시 차밭을 지키던 개와 산책을 한 후 다시 차를 몰고 동해로 향했다. 그리 몇 시간을 넋 놓고 운전했다. 바닷가 모텔로 들어가기 전 소주와 맥주 몇 병을 샀다. 취기 속에서 지난 세월을 복기했다.

2008년 말, 신생 방송사 OBS에 한 낙하산 인사가 사장으로 왔다. 자본과 권력으로부터 독립적인 공익적 민영 방송사를 만들겠다는 약속에 정면으로 배치되는 인사였다. 낙하산이 온 때는 신임 노조위원장 선출 시기와 맞물렸다. 방송계에 몸을 담은 사람이라면

이 시기에 방송사 노조위원장이 된다는 것이 십자가를 메는 것임을 잘 알고 있었다.

iTV 공채 1기에서 위원장이 나와야 할 때였다. 하지만 그 누구도 선뜻 나서지 않았다. 공채 2기였던 내가 자원했다. 질 싸움이란 걸 알지만, 대한민국 사회에 약속한 공익적 민영방송이 이렇게 사라지는 것을 지켜볼 수 없었다. 가장 힘이 센 정권 초기, 거의 100% 싸움에 질 것이며 구속 등도 각오해야 한다고 생각했다.

위원장이 된 후 단식, 물리적 충돌도 마다하지 않았다. 싸움을 다시 시작했지만 타 방송사와 다른 점이 있었다. 조합원들은 이미 2년여 동안 실업을 경험하고, 경제적으로나 심리적으로 이미 지칠 대로 지쳐있었다는 것이다. 강도 높고 장기적인 투쟁을 차마 조합원들에게 요구할 수 없었다.

혼자 떠안기로 했다. 나 혼자 위원장을 사퇴하고, 사직까지 하기로 결심했다. 방송사 사업권 획득과 허가 과정에서 내가 했던 역할로 인해 대주주는 조합원들에 대한 징계와 고소 고발을 최대한 늦추고 있었다. 조합원들에 대한 징계를 내가 안고 떠나기로 결심했다. 조합의 실패가 아니라 나의 실패여야 한다고 생각했다.

그리고 불과 1,2주 전 자살로 생을 마감한 OBS 편성국장님 얼굴이 아른거렸다. 죽음의 그림자가 그리 가깝게 느껴졌던 적은 그전에도 이후에도 없었다. 몸을 가누기 어려운 취기와 자살 충동이 어우러져 모텔방이 마치 늪과 같았다.

종이 한 장 차이였다. 삶과 죽음. 어떤 선택을 해도 이상하게 느껴지지 않았다. 결국 나를 지킨 건 가족이었다. 조합원들에 대한 책임을 놓고 온 내가 가족에 대한 책임까지 버릴 수 없다는 생각이 들었다. 신파처럼 들리겠지만 죽을 각오로 살면 뭘 못하겠냐는 생각이 들었다. 이때의 각오가 이후 풍파 속에서도 나를 지켜주었다. '죽을 각오로 사는 것', '죽을 각오로 어려움을 이겨내는 것.' 가족 때문에 가능했다.

시
련
4

정치판. 세상의 이해와 욕망이 모이는 곳. 세상을 바꿀 수도, 그
뜨거운 열기에 휩싸여 내 자신이 타 버릴 수도 있는 곳. 지난 대선,
난 그 뜨거운 현장에 있었다. 정치를 전공했고 정치부 기자도 했지
만 정치 세계는 낯설었다.

2014년, 회사의 미래전략실장으로 일할 때, 충청남도 지사 참모
를 하는 선배의 제안을 받았다. 안 지사의 메시지팀장을 하는 것이
어떻겠냐고. 정확하게 말하면 내가 먼저 그를 돕고 싶다고 했었다.
2009년, 노조위원장을 사퇴하고 몇 개월의 백수생활을 거쳐 어렵
사리 찾은 직장에서 난 비교적 평온하게 살았다. MBA도 마치고,
회사에서 비서실장과 미래전략실장이라는 중책도 맡았다. 하지만
자꾸 마음에 부담이 커졌다.

함께 언론운동과 노동운동을 했던 회사 동료들과 언론계 선배들은 이 긴 기간 동안 어렵게 투쟁하고 있었다. 풍찬노숙하는 언론계 선후배도 적지 않았다. 많은 이들과 정권 교체하는 데 일조하고 싶었다. 건강한 언론인들의 목소리가 사그라지지 않도록. 동료 언론인들이 제자리를 찾는 데 일조하고 싶었다.

2년여 동안 충청남도의 메시지팀장을 하고, 안 지사 경선 캠프의 메시지팀장을 맡았다. 메시지 업무는 정치판에서 3D로 통한다. 특히 경선 기간에는 한마디로 죽을 고생을 해야 하는 자리이다. 다음날 행사와 정치 상황 변화를 모두 체크하고 말씀 자료를 작성해야 한다. 정책을 발표할 때는 방대한 자료를 축약해 국민들이 이해하기 쉽게 최종적으로 다듬어야 한다. 한마디로 글 쓰는 기계였다. 5개월 동안 단 하루만 쉬었다. 쉰 날도 체력이 바닥나 링거를 맞고 누워있어야 했다. 힘들었지만 보람이 있었고, 꿈도 있었다.

하지만 그 꿈은 오래 가지 못했다. 내가 꾼 꿈이 미몽이었음을 깨닫는 데 오래 걸리지 않았다. 캠프는 내가 생각한 것만큼 민주적이지 않았다. 합리적이라 생각한 의견이 묵살되기도 했다. 줄과 연이 복잡하게 이어진 세계였다. 어쩌면 내가 그 쪽의 생리나 작동원리를 잘 모른 것이기도 했다.

난 정치가 맞지 않는다고 생각했다. 나이 40 후반, 지난 4년 동안 걸어온 길이 내 길이 아님을 깨달았다. 참으로 허망했다. 기울였던 노력이 아쉽지만 접기로 결심했다. 나를 집어삼키는 정치의 화염에서 한 발 떨어지기로 했다. 박사 과정 시험을 준비하고 그전에 다니던 회사에 다시 복귀하기로 했다.

그렇게 2018년 3월 4일, 충청남도 메시지팀장을 그만두었다. 그리고 하루가 지난 3월 5일... 바로 그 사건. 난 그때 신께서 나에게 손길을 내미셨다고 느꼈다. 4년의 노력이 아까워 그 세계를 맴돌았다면, 아마 난 더 깊은 수렁 속에서 헤매고 있었을 것이다.

정치의 세계에서 벗어나면서 내 것이 아닌 것에 미련을 두지 않는 법을 배웠다. 경영학에서 배운 매몰비용Sunk Cost. 투입한 비용이 아까워 잘못인 것을 알면서도 계속 더 자원과 시간을 투입하면 결국 더 큰 피해를 보게 된다.

그냥 잠시 주어진 것이다.
그냥 잠시 거쳐 가는 것이다.
있을 때 최선을 다하지만
지나가면 미련을 두지 않아야 한다.


후회되는 선택이었다면 짧게 후회하고, 새로운 길을 찾아야 한다. 말은 쉽지만 실행하기 어려웠다. 하지만 가족이 있고, 아직 남은 나의 인생이 애달파 포기할 수 없었다.


그렇게 난 새로운 인생을 시작했다.

"세상에 믿을 놈 없네."

고 3이던 딸이 안 지사 사건을 뉴스에서 보고 툭 던진 말이다. 가슴이 무너져 내렸다. 3월 5일 오후 2시쯤부터 기자들에게 전화가 오기 시작했다. 충남도청 비서실에서 불미스런 일이 발생했다는 것이다. 여기저기 전화를 돌렸지만 사건을 정확하게 아는 사람이 없었다. 알 만한 사람들은 통화가 되지 않았다. 뉴스 두어 시간 전쯤부터 사건의 당사자가 비서가 아닌 안 지사로 바뀌었다.

JTBC 8시 뉴스, 온 가족이 지켜봤다. 나는 얼음처럼 굳었다. 아는 얼굴이 스튜디오에 나왔다. 그녀는 너무도 충격적인 이야기를 풀어 놓았다. 그전까지 전혀 알지도, 알 수도 없었던 일이었다. 한동안 아무런 생각을 할 수 없었다.

충격에서 애써 벗어나 보려 했지만 그럴 수 없었다. 출근하기로 한 회사에서 한동안 마음을 가라앉히고 나오라는 연락이 왔다. 함께 일했던 동료들이 걱정됐다. 나는 사건이 터지기 전에 나왔지만 일하고 있던 동료들이 공황상태일 것이라고 생각했다. 하루 이틀 지난 후 그들의 난감한 상황을 듣게 되면서 더욱 마음이 아팠다. 지사가 사퇴하자 정무직 공무원들은 자동 면직되었다. 졸지에 실업자가 된 것이다. 그리고 사람들의 눈이 무서워 짐도 새벽에 옮겨야 했다. 책상 짐을 정리하는 내내 눈물을 흘렸다는 동료의 말에 가슴이 무너져 내렸다.

이 사건은 내가 겪은 수많은 사건 중에도 가장 충격적인 사건이었다. 인간에 대해 근본적으로 다시 생각하게 만들었다. 무엇이 정의인지, 무엇이 선인지, 그리고 내가 과연 정의와 선을 제대로 식별할 수 있는지도 의문이 들었다.

이 순간 나를 살린 건 과거의 경험이었다. 우선 마음을 건강한 방법으로 다스려야 한다고 생각했다. 혼자는 이 고통을 극복하기 버거우니 도움을 받기로 했다. 심리 상담을 받았다. 일주일 혹은 2주에 한 번 내 심리 상태를 객관적으로 평가받았다. 그리고 조언을 들었다.

난 안 지사의 메시지팀장이었다. 그의 글을 대신 써주는 사람이었기 때문에 가급적 그와 같이 생각하고 판단하려고 노력했다. 그리 4년을 살았더니, 이 사건이 마치 내가 잘못을 저지른 일인 것처럼 느껴졌다. 심리상담사께서는 나와 안 지사를 면도날로 베어내듯 분리시키라는 조언을 주셨다. 그 형상을 상상했다. 나와 그를 연결하던 모든 인연의 고리를 완벽하게 단절하는 모습을 반복적으로 생각했다. 이젠 더 이상 그 누구에게 기대어 나의 미래를 설계하지 않기로 결심했다. 거인의 어깨가 아니라, 작더라도 내 두 발로 서겠다고 결심했다.

이 위기를 극복한 또 하나의 힘은 일과 공부였다. 다른 생각이 들지 않도록 일과 공부에 몰두했다. 거의 자학수준이었다. 극복했다기보다 몸과 마음을 고달프게 만들고 다른 생각이 들지 않게 만들었다.

그리 1년 정도 지났을 때 그때서야 구치소에 있던 그를 만날 수 있었다. 거인으로 느꼈던, 지도자로 모셨던 그 사람에게서 처음 부족한 인간의 모습을 확인했다. 그가 반복적으로 되뇐 미안하다는 말에 더욱 가슴이 아팠다. 여러 시련을 겪으며 깨달은 것이 있다.

상처는 상처다.
아물어도 흉터가 남는다.


흉터가 덕지덕지 붙어있는 게 좋을 리 없다. 가급적이면 상처받지 않고 사는 것이 좋다. 그러나 인간의 삶이 어찌 그럴 수 있겠는가? 상처가 생기면 빨리 아물게 하고 다시 그 상처를 입지 않도록 노력하면 된다.


상처에 굴복해 흉터를 남기는 것이 아니라
교훈만 남기면 된다.


내 주변, 특히 내 자식과 후대들이 그랬으면 좋겠다. 넘어지면 툭툭 털고 일어나 그 어떤 것도 내 아름다운 인생을 가로막지 못하도록. 자신만의 길을 걸어가길 소망한다.

# 안희정

처음에 그는 나에게 거인이었다.

연설문을 쓸 때마다

나는 김구나 안중근 의사를 떠올렸다.

위인들에 버금가는 비전과 역사의식을

그의 연설문에 담으려 노력했다.


2년 정도 흐른 뒤,

대선에 도전한 그는

인간의 모습이었다.

대중의 기대와 질타를 버거워했다.

어쨌든 그는 주어진 시대적 소명을

고뇌하는 리더로 보였다.

도청을 그만둘 때

경제특보 역할로 돕겠다고 약속했다.

우러러보는 거인보다

한 발 떨어져 마주 보는

동지였으면 좋겠다는 바람이었다.

·

·

·

유리 칸막이 건너편...

거인, 리더, 혹은 동지라는 이름으로

더 이상 부르기 어려운

한 명의 '인간'을 마주했다.


연신 미안하다는 말을 되풀이했다.

10분 면회 시간 동안 족히 십여 차례.


나와서

끊었던 담배를

한 대 빌려 물었다.

먹먹함과 예리한 칼로 베인 듯한
느낌이 교차했다.


영원히
외면하고 싶은 생각도 있었지만
그래도... 결국 찾게 되었다.


꽃이 흐드러진 4월,


나는 기억 속 거인을
영영 떠나보냈고
이젠 낯설게 느껴지는
한 명의 인간을 만났다.


세상사는 이리도 잔인하다.


술이 필요한 순간이다.

# 혁신

제주도 출장 가는 길에
직원분이 불쑥 내게
혁신을 좋아하지 않느냐고 물었다.

잠시 생각하고
질문으로 답을 시작했다.
세상에 유일하게 변하지 않는 진리가
무엇인지 아냐고.

그건 '모든 건 변한다'는 명제.
사람도, 사물도, 환경도.

다행히 변화의 방향은

겨우 예측할 수 있어서

(늘 그런 건 아니다.)

그 방향으로 나를 변화시킬 수 있다.


환경도, 사람도, 사물도 변하는데

내가 변하지 않으면

결론은 도태뿐이다.


과거의 큰 변화는 한 생에 걸쳐

천천히 진행됐지만

이젠 한 인생 속에서 몇 번이고 반복된다.


그래서

혁신을 좋아하는 것이 아니라

생존을 위해,

도태의 고통을 맛보지 않기 위해,

혁신하려 노력하는 것뿐이라고

대답을 마무리했다.

변화는 고통스럽다.
그래도 변하지 않으면
더 큰 고통이 뒤따른다.

살기 힘든 시대다.

# 70년대 생의 몫

아시아 국가들이

정치 권력을 경제 권력으로

치환하는 때가 있다.

(나는 권력으로 엿 바꿔 먹는다고 표현한다)


정경유착... 재벌 밀어주기.

뭐 이름은 뭐라 하더라도

본질은 같다.

권력을 이용해 부를 만들어내는 것이다.


60, 70년대 한국(그 이후 오랫동안)

90, 2000년대 중국,

지금 베트남.

국가 권력이 일부 기업에

자원을 몰아주고

산업을 육성시키고,

권력도 부의 분배에 참여하는 구조다.


권력이 강할 때는 별 잡음이 없다.

있더라도 묵살된다.

하지만 민주화가 진행되면 이야기가 달라진다.

정경유착에 대한

사회적 감시와 견제가 본격화되면

그 누구도 주도권을 행사하기 어려워진다.

더 이상 국가나 당이 리더십을

발휘하기 어렵다.


선진국은 사회적 신뢰와 제도,

그리고 혁신을 만들어 내는 역량을 통해

권력이 행사했던 힘의 공백을 메운다.

우리는 그 사이에 있는 듯하다.

권력이 주도하지도 못하고,

그렇다고 선진국처럼 신뢰와 혁신역량이

제대로 작동하지도 않고

그래서 중국과 베트남(곧 그러리라 본다)의

속도에 치이고

선진국의 완성도에 못 미치는 듯하다.


요즘 여기에,

나와 동년배의 역할이 있단 생각이 든다.


반칙 안 하고,

사회적 자산인 신뢰를 쌓고,

자기의 분야에서 혁신을 거듭하는...

그래서 이 지체의 계곡을

뛰어넘어 새로운 대지를 향해주길.


그리 되었으면 좋겠다.

# 협상

신입 직원분들에게
협상론에 대해 강의했다.
실전은 아직도 늘 어렵다.
내가 겪은 시행착오를
덜 겪길 바라며 준비했다.


협상.
상대의 능력과 니즈를 사전에
정확히 파악해야 한다.
이를 토대로
전략을 수립하고,
다양한 전술을 구사한다.

전술은 협상 단계별로,
상대에 따라 달라져야 한다.

여기까지는 일반 협상론...
난 두 가질 더 강조한다.

첫째, 상대가 끌릴 만한
비즈니스 모델BM을 발굴해 제안해라.

둘째, 절대 다 가지려 하지 말고
Win-Win 상황을 만들어라.

둘 다 인간의 이기심과 관련이 있다.

새로운 부의 가능성을 제시해야
한정된 재화를 두고 다투지 않고
비전을 향해 협력한다.

*Zero sum 구도로 협상하면

자신의 권리를 지키려는 조항이 늘어나고

서로 수비적 자세 때문에

협상이 실패하기 쉽다.


BM 제시와 Win-Win 구도

두 가지 원칙이 가미되면

협상의 성공 확률이 높아진다.


노조를 할 때

경영은 탐욕인 줄 알았다.


하지만 경영을 공부하고

직접 비즈니스를 해보니

'제대로' 된 경영은 사람이고, 창조며,

상생일 수 있다는 걸 알게 됐다.


*Zero sum 구도 : 반드시 승자와 패자가 나타나며, 승자와 패자가 얻는 이익의 총합이 0이 되는 구도

# 혈압약

추가로 맡게 된 사업부의
업무 보고를 받았다.


인수인계.
냉정과 열정 사이에서
균형을 잡는 작업.
현 상태는 냉정히 분석해야 하고,
미래는 구성원들과 함께
뜨겁게 꿈꿔야 한다.


지금까지 진행된 업무에 대한
냉정한 평가는 상대적으로 쉽다.

하지만 미래를 열기 위해
새로운 청사진을 설계하고,
구성원들의 가슴을 뛰게 만드는 일은
매우 어렵다.


치밀함을 요하는 수학자가
자유분방한 재즈를 작곡하는 것과
비슷하지 않을까?


이런 류의 일을 맡을 때마다
부담이고 도전이다.
조직생활을 하다 보니
불가피하게 그런 일을 종종 해야 한다.


피할 수 없다면 즐겨야지 하면서도
아무래도 혈압약은 못 끊을 것 같아 서글프다.

# 단단함

마음이 여물지 못할 때가 가끔 있다.

사람에게 화가 날 때.
부당한 일이 벌어졌을 때.
갑자기 중요한 일들을
쉼 없이 처리해야 할 때.
가족이 아플 때.
마음이 흔들린다.

최근 이런 일들이 한꺼번에 벌어졌다.
마음이 오래된 복숭아처럼 물러졌다.

한두 번 겪은 것도 아니지만
사람인지라
힘든 건 힘든 거다.


그래도 지금까지 겪어 온
수많은 위기와 고난들이
어느 정도 내성을 키워줬다.


일상의 번뇌들이 나를 흔들지 못하도록.
천박함이 귀한 비전을 이기지 못하도록,
술수가 스스로 드러나 부끄러워지도록,
그리 만들려 한다.


두 눈 부릅뜨고
단단한 마음으로
문제와 갈등을 직시할 때
어려움은 더 이상 어려움이 아니다.


차돌처럼 단단히...

# 책임

내 어깨 위에 그놈이
더해질 것 같다.
그놈에게 눌려 살지 않으려 했는데...

밸런스를 맞추며 살고 싶었는데,
날 가만두질 않는다.

이번엔 날 짓누르지 못하게
내가 그놈을 요리해 볼 생각이다.

나도 예전보다 노련해졌고,
웬만한 것엔 눈 깜짝 안 한다.
날 고통스럽게 했던
지독한 지난 일들 덕이다.
어디 한 번 해보자.

# 무릎 꿇지 않았다

정치란 무엇인가?

대학 첫 시험 문제다.
문제는 기억나는데
뭐라고 썼는지는 기억나지 않는다.

난 정치학 학사와 석사를 하고
언론사 정치부 기자를 거쳐
정치인의 참모까지 했는데
여전히 정치가 뭔지 모르겠다.
그래서 조직 내 정치에 서투르다.
아니, 아예 그런 걸 하지 않는다.

그런 날 어떤 후배는 바보라고 했다.
일만 죽어라하고 자기 것 못 챙긴다고.


솔직히 가끔 가정한다.
그른 걸 옳다고 이야기하거나
좋은 게 좋은 거라고 넘어가는
유연성이 있었다면
좀 더 쉽게 승승장구하며 살았을 텐데.


나도 안다.
내 인생 굴곡 절반은
할 말을 해야 하는 성정 때문이란 걸.
하지만 반백이 된 지금도 여전히
아닌 건 아니다.


그런 나를... 이젠
그냥 너그러이 인정해 주기로 했다.
피곤했지만 잘살아왔다고.
힘들었지만 무릎 꿇지 않았다고.

당당하게 살려고,

협잡하지 않으려고,

하루하루 스스로 갈고 닦으며 산다.

예리하게 벼린 칼의 가치를 아는

사람과 세상을 위해 쓰려고 한다.


기분이 그렇다.

술 먹고 싶다.

# 義와 利

OBS가 만들어질 때
난 처음 입사한 5명 중 한 명이었다.
입사 후 방송이 시작할 때까지
부회장님은 날 많이 아껴주셨다.

하지만 이후
난 노조위원장으로,
그분은 경영자로
대척점에 서게 되었다.
많은 갈등이 있었다.

오랜 시간이 지났다.

이제 노년의 신사와
중년의 직장인으로 만났다.

세월 속에 서운함은 눈 녹듯 사라졌다.
마치 부자지간처럼 식사를 했다.
난 그분의 건강을 기원했고,
그분은 나의 건승을 축원해주셨다.

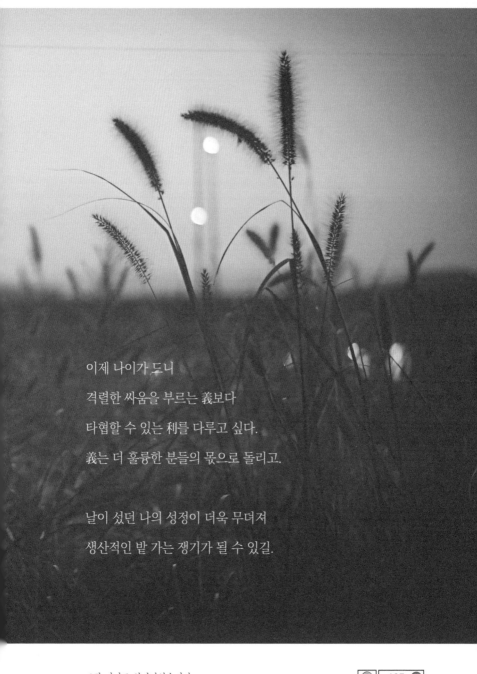

이제 나이가 드니

격렬한 싸움을 부르는 義보다

타협할 수 있는 利를 다루고 싶다.

義는 더 훌륭한 분들의 몫으로 돌리고.


날이 섰던 나의 성정이 더욱 무뎌져

생산적인 밭 가는 쟁기가 될 수 있길.

# 삶

희로애락애오욕喜怒哀樂愛惡慾이 삶이다.


그 범주를 넘는 게 있을까?

그 감정을 함께 느낀

나의 전우들.


국가를 경영할 수 있는

능력을 갖춘 선후배들.

그러나 그날 이후 뿔뿔이


그 사건 이후

1년 반 동안 질곡을 다 이겨내고

정말 오랜만에
서울에서 모였다.

모두 새 삶을 찾고
그 삶에서 의미를 발견하고
그 의미를 바탕으로 미래를 설계하고 있다.

우린 실패한 것이 아니라
세상을 배운 것이다.
극복하면
시련은 배움이 된다.

# 때

아무도 없다.

더위가 운동장을 비워버렸다.

이 더위에 운동하면 열사병 걸린다.

일도 마찬가지다.


내 비즈니스 원칙 중 하나는

때가 됐을 때 하는 것이다.

너무 빨리 혹은 너무 늦게가 아닌

바로 그때.


두 가지 접근이 있다.

때를 기다리거나

그때를 만들거나.


프로젝트가 내가 컨트롤하기 버겁다면
기다려야 한다.
억지로 하면 탈 난다.
반대로 충분히 감당할 수 있다면
비즈니스를 위한 환경까지 설계하고
그 때를 빠르게 만들어 내기도 한다.


젊을 땐 억지로 때를 만들려했다.
애만 쓰고 상처만 남았다.
이젠 선선히 운동하기 좋은 때를
기다릴 줄 알게 되었다.


과거 겪었던 시련과
아픔을 주었던 사람들이 스승이 되었다.

50 SO WHAT?

마흔아홉, 비가 오니 비가 느껴졌다.

# 3장

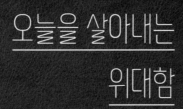

오늘을 살아내는

위대함

I'm the main character of my life.

# 불면

새로운 책임을 맡거나
중요한 프로젝트를 진행할 때
새벽잠을 설친다.

몸은 누워 있는데
머릿속은 계속 돌아간다.
이런저런 비즈니스 모델을
그렸다가 지웠다.
의지에 상관없이
머리가 스스로 반복한다.

일과 공부, 휴식을

분리하겠다고 다짐하지만
잘 안 될 때가 있다.
삼자가 뒤엉키면 피곤해진다.
요즘 좀 그렇다.

스스로 진단하기론
욕심 때문이다.
좌우명은 '과정의 최선'인데
자꾸 '결과의 최선'에 집착하게 된다.

계획을 정비하는 것보다
마음을 정비하는 것이 먼저인 것 같다.

결과는 언제나 신의 뜻이라 명심하며
마음부터 비우기로 했다.

'최선을 다하지만 집착하지 않기로...'
일이나 사람에게나 모두 마찬가지다.
쉽지 않다.

$$Y = \alpha + \beta X_1 + \lambda X_2 + \cdots + \varepsilon$$

난 태생이 문과다.

숫자나 기호와 거리가 멀다.

젊은 시절 공부한 정치학과 언론학은

말과 글의 잔치였다.


마흔이 넘어 MBA를 하면서

처음 회계를 접했다.

숫자가 주는 괴로움은 컸다.

차변과 대변은 왜 이리도 안 맞는 건지...


박사과정에서

통계와 계량경제를 배우니

괴로움은 몇 배가 됐다.

거의 상형문자 해독 수준이다.


보고 또 보고, 까먹고 또 까먹고.

하지만 아무리 둔재라도 반복해서 보면

조금이라도 깨우치는 게 있다.


$Y= \alpha + \beta X_1 + \lambda X_2 + \cdots + \varepsilon$

이 회귀방정식이 그렇다.

- $\alpha$는 불변의 상수,

- $\beta X_1 + \lambda X_2 + \cdots$는 독립변수의 집합

- $\varepsilon$는 에러.


나의 해석은 이렇다.


세상엔 불변의 상수가 있다. ($\alpha$)

예를 들어 내가 아이들의 아빠라는 것.


또 일정한 패턴을 가지고

예측 가능하게 변하는 것도 있다.

$(\beta X_1 + \lambda X_2 + \cdots)$

잔소리가 늘면

아이들과 사이가 나빠진다는 것.

아이들 성적향상과는 무관하다는 것.


그런데 도무지 알 수 없는 것이 있다.

바로 error다. $(\varepsilon)$

아이들이 불쑥불쑥 치는 사고가

여기에 해당한다.

하지만 error는 둘로 나눌 수 있다.


인간의 힘으로 도저히 예측할 수 없는 부분과

인과관계가 있지만 아직 찾아내지 못한 것.

조금만 주의 깊게 보면 아이들이 치는 사고엔

많은 부분 원인이 있기 마련이다.


어느 순간부터

이 회귀공식으로 인생과 일도

3장 오늘을 살아내는 위대함

설명할 수 있다고 믿게 되었다.


상수는 불변이니 신경 쓸 일 없고,
변수는 상관관계를 정확히 알면 되고,
문제는 에러다.


이 에러 속에 숨어 있는 규칙을 잘 찾아내고
통제할 수 없는 사건이 벌어지면
위기관리를 잘하면 된다.


이 공식을 삶에 대입하니
많은 문제들이 단순화되었다.


머리가 굵어진 아이들을
어떻게 대해야 하는지.
이미 잔소리의 역효과는 파악했고,
통제 안 되는 에러를 줄이려면
아이들을 더 잘 알아야 하고, 그러려면
가까워지는 수밖에 없다.

그래서 잔소리 줄이고, 화 안 내고,
더 친해지려고 노력하기로 했다.


태생이 문과인지라
숫자와 기호도 문과적으로 해석하게 된다.


그나저나 종합시험을 통과해야 할 텐데
잡설로 공부 시간을 잡아먹고 있다.
이것도 error다.

# 소폭

회사 부서 리더분들과 회식.
낮에 정부 기관을 상대로
중요한 발표를 잘 끝내고,
다음 주 베트남으로 떠나는 분의
환송식을 겸해.

소폭을 몇 순배 돌리고
떠나는 분의 건배사도 들었다.
더 좋은 회사를 만들기 위한 저마다의 의견.
울화통 터지는 불합리한 일들에 대한 비판.

자식 이야기,

배우자 이야기,

일 이야기,

사람 사는 이야기,


다음엔 곱창+소주 1차에

와인 2차 코스로 합의를 보았다.

겨울의 초입

제격인 조합이다.

눈 내리면 더 좋을 듯하다.


좋은 사람들과

행복하게 일할 수 있어서

감사하다.


술이 달았다.

# Burn out

이번 출장은 그 전 출장과 좀 다르다.

일정이 끝나면 아무것도 하지 않는다.

서류도 책도 들춰보지 않는다.


몇 개월 쉬지 않고 달렸더니

Burn out 문턱이다.

잠시라도 몸과 머리를

온전히 비워야 할 것 같은 느낌.


그래서 일과 후엔

어슬렁거리기로 했다.

홀로 앉아 술 마시기.

멍 때리기.

사람 관찰하기.


주섬주섬 힘을

축적하고 있다.


분주함이 흩어놓은

나를 되찾기 위해.

# 정시퇴근

5시 30분.

퇴근 시간이 되면

뒤도 안 돌아본다.

52시간 제도 시행 이전부터 그랬다.


임금노동자의 자존심.

노동과 임금을 맞바꾸지만

내 삶을 통째로

회사와 계약한 것은 아니다.


동전의 양면으로

경영인의 자존심이기도 하다.

주어진 시간

일을 적절히 배분해

조직의 효율성을 극대화하고

최대 성과를 내는 것은 경영의 과제다.


초과근무가 반복되는 것은

내 경영이 잘못되었다는 증거다.


노조도 해보고

경영도 해보니

과부, 홀아비 사정 알 듯

서로의 사정을 웬만큼 안다.


정시 퇴근은

내 삶에 여백을 만들기 위한 노력이자

노사화합 프로젝트다.

# 판단

몇 년 전 판사인 친구와

저녁 식사를 했다.

친구는 재판을 끝내고 왔고

초주검이 되어 있었다.


왜 그리 지쳤냐고 물으니

사람 인생을 결정짓는 판단을 할 때마다

혼신의 힘을 다하고

끝나면 이리 지친다고 설명했다.


매 판결마다 최선을 다했던 그 친구는

얼마 후 변호사들이 뽑은

최고의 판사로 언론에 소개됐다.

작은 회사지만
판단하는 역할을 맡게 되니
부담이 과거보다 몇 곱절이다.

나의 판단이 조직의 명운,
구성원들의 행복과 가정,
그리고 내 미래와도 직결된다는 생각에
버거울 때가 있다.

결정할 일이 많을 때는
집에 갈 때
거의 탈진 상태인 경우도 있다.

이제 새로운 역할 행동에
적응해야 한다.
판단의 무게를 엄중하게 느끼지만
짓눌리지 않도록.

처음 아빠가 됐을 때와

비슷한 것 같다.


'행복한 책임감.'

기꺼이...

# 참전용사

하루 8개 일정을 모두 끝내고
터벅터벅 호텔로 가는 길.


동료 직원분들이
내 뒷모습을 찍어
멘트를 달아주셨다.


"집으로, 참전용사"


같이 전투를 치른
전우만이 해줄 수 있는
동지애 가득한 멘트.

처음 동행한 동료는

해외비즈니스가 전쟁터 같다며 놀란다.


출장 오기 전 치열한 준비.

매번 긴장감 있는 미팅.

지칠 때쯤 터져 나오는

손에 잡힐 듯한 성과.


노곤한 피곤함이 쾌감이 된다.

최선을 다해준

식구들이 보인다.


집으로 가는 길,

발걸음이 가벼웠다.

# Nomad(유목민)

요즘 내 삶이 그렇다.

세상 어딘가 짐을 푸는 곳이
곧 내 집이다.

새로운 습관도 생겼다.
머리를 대면 바로 잔다.
차에서건 비행기에서건
때론 코까지 골며

깊건 얕건 그리 수면을 취해야
시차로 인한 피로와 수면 부족을 풀 수 있다.

만 하루도 안 돼 3개국 공항을 거쳐
베트남에 왔다.

새로운 도전이라 설레면서도
점점 친숙한 것이 좋아지는 나이에
떠도는 것이 버거울 때도 있다.

하지만 세상을 보고 사람들을 관찰하며
함께 새로운 가치를 만드는 작업이
무척 감사하다.

소명이라고 생각한다.

 166

# 인연

지난해 만든

20여 쪽의 보고서가

내 운명을 바꿨다.

多내수시장 전략의 첫 번째 후보지 베트남.

결국 내 일이 되었다.


문서상에 쓰였던 베트남이란 단어가

점점 커지더니

한 달에 일주일은 와서 일해야 하는

삶의 터전이 되었다.


점점 이곳에서 만나는 사람들도 많아진다.

흐엉, 투이, 마이, 한.
새로운 인연들이 가지를 뻗으며 늘어난다.


다르지만 또 같다.


외양도 다르고
사고방식도 다르지만,
여러모로
베트남분들은 사람 향기가 난다.


친절하고 온화한.
그러면서 자존심이 강한.
내 베트남 친구들의 공통점이다.


먼 타국,
이들과 맺어진 신기한 인연의 끈을
소중히 가꾸려 한다.

# 전략과 인재

1년 반 정들었던 부서를 떠나며
마지막 회의에서 한 말이다.


4차 산업혁명시대,
기업의 생존을 좌우하는 것은
올바른 전략이다.


전략은 리더의 몫이다.
리더가 공부하고
급격한 시대의 변화에
걸맞은 전략을 만들지 못하면
구성원들의 노력을 물거품으로 만든다.

리더의 무능력은 죄다.

두 번째 당부는 사람이다.
인재를 소중히 하지 않는 조직은
미래가 없다.

인재가 기업 생존의 처음이자 끝이다.

그렇다고
잘난 놈들만 대우하자는 게 아니다.

자기 몫을 하는 사람.
그만큼 대우해줘야 한다.
키우고 살피며 보상해야 한다.

구성원들이 조직 안에서
성장하고 보람을 느끼며
정당한 대우를 받는다고 느끼면
조직은 강해진다.

전략과 인재의 중요성을 말하고

마지막 회의에서 나왔다.


어깨가 무겁다.

# 위기관리

일이 많고 상황이 복잡해질 땐
단순하게 생각하려 한다.
살면서 겪은 몇 번의 위기가
가르쳐 준 교훈이다.


내가 위기를 극복하기 위해 세운 원칙은
욕심내지 않고,
건강을 유지하며(운동하며),
그리고 공부하는 것.


여기에 더해
사람을 많이 만나는 것.

내가 늘 스스로에게

주지시키고,

후배나 친구들이 힘들어 할 때

조언하는 말이다.


그럼 결국 다시 일어설 힘과 기회를 얻는다.


후배들도 중년에 진입하니

위기를 겪는 경우가 종종 있다.

세월이 지나다 보니

성공하는 것보다

위기를 잘 관리하는 것이

중요한 듯하다.


인생 항해에 풍파가

없을 수 없지만

모두 안전하고 또 행복하시길.

# 거자필반(去者必返) 1

난 조직의 새로운 명을 따라
새로운 미션을 수행하게 된다.
기존 조직 구성원들과
헤어져야 하는 아쉬움에
갑작스럽게 모이자 했다.

그들도 대부분 눈치챈 듯
헤어짐이 너무 아쉽다.

지난 1년여,
이들과 치열하게 일했고
업계에 이정표가 될 만한 큰 성과를 남겼다.

이들을 더 성장시키고 싶었고

이들과 함께 더 큰 일을 도모하고 싶었다.


이제 나의 동지들과

조금 다른 길을 가게 됐다.

그러나 지향이 다르지 않아

궁극에서 다시 만나리라.


거자필반去者必返이다.


다시 만나려면

내 길을 올곧게 가는 게 중요하다.

바다에서 강물이 만나듯

호기롭게.


감히,

내가 그들의 바다가 되고자 한다.

# 출장

중국 출장 3일 만에
이번엔 태국 출장이다.


놀러 다니는 거라면
복 받은 인생이겠지만
업무 일정뿐이다.


솔직히 체력적으로 좀 버겁다.
진행 중인 프로젝트와
기말시험도 마음에 부담을 준다.


정신없이 바빠 힘들고 짜증날 땐

👍 176  💬

백수였던 순간을 떠올린다.

아내가 외판하러 나가고
아이들이 학교 간 후
혼자 베란다에서
담배를 피우곤 했다.

사색의 주제는 주로
막막한 내 인생에 대한 자책이었다.
이젠 추억이지만
당시엔 너무 고통스러웠다.

내가 아무 데도 쓰일 곳 없다는 느낌과
가족 부양에 대한 걱정이
제일 힘들었던 것 같다.

이제 내 노력으로 내 한 몸 건사하고,
가족도 부양하고 있으니
이만하면... 되었다.

# 다행이다

정말 숨 돌리기도 힘든 하루였다.

회의, 회의, 회의...

몇 개 사업부와

프로젝트를 맡다 보니

끊임없이 보고받고, 논의하고,

판단하게 된다.


특히 오늘,

중요한 회의가 많았다.

자칫 방전될 수도 있었는데

모든 회의가 물 흐르듯 진행되며

오히려 나에게 기쁨과 힘을 주었다.

신입 직원분들은

회의 세팅을 잘해주었고,

고참 직원들은

밀도 있는 보고서를 준비해주었다.


그리고 각 부서 리더분들은

수준 높은 의견과 대안을 제시해주었다.


직원분들의 노력이

일하는 맛과 멋을 느끼게 해 준 하루였다.


빠르게 성장하고,

하나가 되어 일하는 직원분들이

내게 큰 만족감과 위안을 주셨다.


멋진 이들과 함께 일하고 있어서

힘들지만 다행이다.

# 겸임

인사발령이 났다.

현재 맡고 있는

해외전략사업부에 더해

한국어사업부를 맡게 됐다.

베트남 사업까지 더하면

크게 세 덩어리 사업이다.


경영성과에 대한 책임도 있지만

여러 직원들의

삶에 대한 책임이 더 크게 다가온다.


성장하는 조직에서

구성원들이 함께 성장하길
회사 출근하는 것이
그들에게 즐거움이길.


노동의 대가로 받는 임금으로
사랑하고, 가정을 꾸리고
어여쁜 자식을 잘 키우시길.


한 명 한 명
소중한 여러 우주가
내게로 다가왔고
내가 책임을 다해야 한다.


내 우주도 그 덕에 더 확장되었다.

50 SO WHAT?

그걸로 의미 있었고, 그리하여 다 된 것이다.

# 4장

우주가
우주와 만났을 때

*I'm the main character of my life.*

# 보호자

어릴 때
누군가 보호자 어디 계시냐고 물으면
엄마, 아빠를 불렀다.
그 호명만으로 안도할 수 있었다.

어머니를 모시고 병원에 오니
내가 보호자.
아이들을 데리고 어딜 가도
내가 보호자.

보호자란 이름이 내 타이틀 중
하나로 자리 잡았다.

상대의 모든 결함과 취약함에
무한한 책임을 지는 존재.

그 역할에 자부심을 느끼다가도
나의 취약함은 누구로부터
보호받나 걱정스러울 때가 있다.

나도 인생이 힘겨울 때
어릴 적 부모님처럼
너른 품에 가끔 보호 받고 싶다.

어머니가 병약해지시니
내 마음이 더 그렇다.

벗들과 한 잔 하고

집에 오늘 길에 눈을 맞았다.

첫눈이다.

가을을 지나

겨울임을 알리는 계절의 전령.


첫눈에 강아지마냥

기분 좋아 반갑게 집 문을 열자

건장한 사내가...

평소 마주하기 힘든 아들이었다.


갑자기 아들 키를 재보고 싶었다.

귀찮다는 아들을 졸라

키를 쟀더니 178cm.

드디어 고1인 아들이 내 키와 같아졌다.


육체적으론 이제

나를 넘어서고 있는 것이다.


부지불식간에

나의 계절은 가고

내 자식들의 계절이 시작되고 있었다.


첫눈이 가을과 겨울을 가르듯

아들의 키가 삶의 주기에 선을 그어주었다.


이제 난 잘 마무리하면 된다.

겨울은 추워지고,

또 다른 봄은 이제 시작이다.

# 사랑한다, 아들아

"차 조심하고..."
문을 나서는 아들 뒤통수에
늘상 어머니께서 하시는 말씀이다.


오늘도 다름없었다.


아들 집이 걸어서 지척인데
초등학교 때 하시던 말씀을
지천명의 아들에게...


오늘 노모의 그 말이 불현듯
"사랑한다, 아들아"로 들렸다.

늘 우린 사람들에게 상처받는다.


믿었던 선후배에게.

절친한 친구에게.

사랑했던 사람에게.

그리고 배우자와 자식들에게도...


물론 반대로 상처를 주기도 한다.


그런데 내 기억을 아무리 뒤져봐도

내가 어머니에게 상처받은 일은 없었다.

내게 상처를 주지 않은 유일한 존재다.

사랑만 주셨다.

난 반대로 어머니에게

무수히 많은 상처를 드린 것 같다.


아...그랬구나.

그랬었구나.

미련한 아들이

세상의 상처에 너덜너덜해진 후에

너무 늦게 깨달았다.

차 조심하라는 의미를.

4장 우주가 우주와 만났을 때

# 기다림

안 보고 한 해를
지날 수 없는 사람들.

약속 장소에
먼저 도착해 빈상을
홀로 지킨다.

그들과 인연.
함께 겪은 사건,
기쁨과 슬픔을 되뇌며
지난 세월을 정리한다.

그러기에

잠시 혼자 있는 시간이 제격이다.


잠시 후 방언 터지듯 쏟아질

수다 경쟁에서

뒤처지지 않기 위해서도

기다리는 동안 되새김 작업이 필요하다.


이런저런 기회가 생겨

지난 추억을 시나브로 정리하는 것을 보니


올해도 다 가고 있는가 보다.

# 아픔

어머니가 아프시다.
내가 보호해야 할 대상이 아프면
덩달아 내 마음도 아프다.


점점 약해지시는 어머니를
별수 없이 지켜봐야 하는
내가 무기력하게 느껴진다.


더 늦기 전에
이번 겨울,
어머니 모시고
따뜻한 곳으로 여행을 가려 한다.

돌아보니
어머니와 나,
둘만의 추억이 거의 없다.

웃는 어머니 얼굴을
보고 싶다.

# 변하지 않는 것

몇 개월 전
단둘이 술 마시던 후배가
불쑥 한 마디 던졌다.

"형은 변하지 않아."

후배를 처음 만났을 때
그 친구는 국회 비서관,
난 민원인이었다.

소위 그 친구는 갑, 난 을이었다.

몇 년이 지나
난 유력 정치인의 참모가 되었고,
그 친구는 작은 출판사 대표가 되었다.

모시던 정치인의 자서전을
그 친구가 만들게 되었다.

이번엔 내가 갑, 그 친구가 을이었다.

후배 말의 요지는
"형은 갑일 때나 을일 때나
변함이 없어서 좋다."는 것이었다.

아픈 옛 경험이 있었다.

30대 중반,
국회 출입 기자였다가
방송사가 사라지면서
하루아침에 백수가 되었다.

새 방송사를 만들겠다며
손수레에 자료를 가득 싣고
의원실 문턱이 닳도록 찾아다녔다.


현직 기자일 때
그리 친절하던 국회 보좌진들이
시간이 지나면서
악성 민원인을 보듯
나를 대하는 것을 느꼈다.


물론 그렇지 않은 사람들도 있었지만...


건넬 명함이 마땅치 않다고,
내가 변한 게 아닌데
세상은 날 다른 사람으로 대하고 있었다.


그 뒤로
사람을 있는 그대로 대하리라 마음먹었다.
상대가 잘 나가건, 못 나가건

상관없이.
그냥 있는 그대로.


그렇게 서로를 받아들인 사람들이
나와 함께 늙어가고 위안을 주는
친구가 되었다.


갑과 을의 관계가 아니니
이해가 없어도 꾸준히 만난다.
서로 실리를 따질 필요가 없으니
마음 속 내밀한 고민도 나누게 된다.


그런 친구들이 결국 힘이 되었다.
내가 쓰러져 울고 있을 때
어깨를 도닥여 주었고,
소주 한 잔 마실 돈이 없을 때
생색내지 않고 술값을 계산해주었다.


상대가 좋은 사람이라면,

같이 하고 싶다면,

친구가 되어야 한다.


언제든 함께 소주 한 잔할

친구가 많아지면 행복하지 않은가?

그게 세상 사는 힘이지 않을까?

 202

군 동기,

기자 선후배,

중학교 친구.

술 약속을 쭉 잡았다.


친구.

내 인생의 보석.

행복할 때, 그리고

힘들 때 특히 빛나는 존재.

변함없이 내 옆에서.

어떨 때엔 가족보다 더.

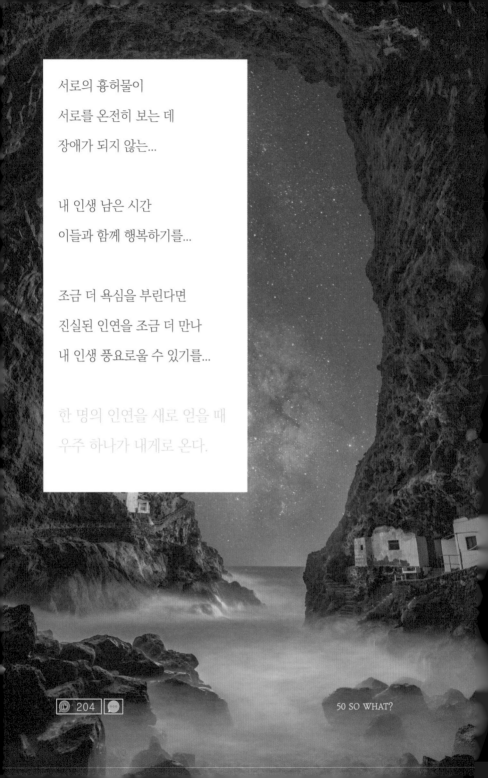

서로의 흉허물이

서로를 온전히 보는 데

장애가 되지 않는...


내 인생 남은 시간

이들과 함께 행복하기를...


조금 더 욕심을 부린다면

진실된 인연을 조금 더 만나

내 인생 풍요로울 수 있기를...


한 명의 인연을 새로 얻을 때

우주 하나가 내게로 온다.

공익적 민영방송을 만들겠다며
풍찬노숙하던 시절이 있었다.
그때 나와 동료들을 도와주시던
교수님을 10여 년 만에 뵈었다.

참 많은 분들이 도와주셨다.
마침내 새 방송사는 세웠지만
많은 구성원들이 뿔뿔이 흩어졌고
세상을 향한 약속은...

죄송스러웠다.
교수님은 그때 그 길 위에 계셨고

나는 이 길 저 길을 주유하였다.

세상의 길은 모두 이어져있다고 하던가.
그렇게 돌고 돌아 다시 뵙게 되었다.


10여 년 만에...
혈기방장하던 청년은 중년이 되어.
다시 이어진 인연이라 더 소중하다.

# 거자필반(去者必返) 2

내겐 희한한 선배가 있다.

나이는 나보다 4살 아래.

그런데 언론사 입사는 빠르다.

더구나 학교 후배다.


언론사 출신들은 위계가 분명해

입사가 빠르면 학교 후배라도 선배다.


타사에서 온 선배와 함께 일한 기간은

2년이 채 안 된다.

같이 경제부 기자를 하며 고생 많이 했다.

둘 다 기사 찍어내는 머신이었다.

선배는 기자협회장이 됐고,
늙은 후배는 노조위원장이 됐다.


둘 다 조직의 문제,
이 사회에 공정한 언론을 만들기 위한
화두를 부여잡고 몸부림쳤고
불행히도 그 당시엔 뜻을 이루지 못했다.


10년이 지난 오늘,
다시 그 선배와 만났다.


퇴사 후 해외에 오래 살았던 선배.
국내에서 이리저리 굴러먹은 나.
놀랍고 우연찮게도 노조를 했던 두 사람이
그동안 경영학 박사과정을 밟았다.


싸울 때 싸웠고,
아파할 때 아파했고,
오랜 회한과 치유의 과정을 거쳐

이젠 허허로운 웃음으로

10년 만에 만났다.


나름의 회복과 나름의 삶으로...

거자필반이다.

그리고 선배는 행복해 보였다.

다행이고 감사한다.

나만 행복하면 된다.


좋은 하루다.

아빠표 영어 과외에
오늘부터 아들도 합류하기로 했다.

그런데
시작도 하기 전부터 신경전.

아들은 교재도 사놓지 않았고,
점심이 다 되어서도
약속한 예습을 전혀 하지 않았다.

수험생인 딸과
절실함이 다르다.

딸과 화기애애하게
진행됐던 아빠표 과외와
분위기가 다를 것 같은 느낌.

지금부터 스스로 최면을 건다.

화를 안 낸다.
화를 안 낸다.
화를 안 낸다.
화를 절대 안 낸다....

속이 터져도
어금니 깨물고 환한 웃음으로

아들이 배움의 기쁨을
느끼길 기도하며.

아... 도전적 과제다.

잘 끝냈다.
다짐처럼 화도 안 냈다.


딸, 아들과 함께... 2시간 남짓.


품 떠난 걸로 여겼던 자식들이
내 설명에 진지하게 귀 기울여 주었다.
딸에 이어 사춘기 끝물인 아들까지.


설레고 행복한 여름밤이다.

딸은 재수 중이다.

대안학교를 다니면서

중·고등학교 6년을 신나게 보냈다.


중2 때 머리를

노란색으로 염색하겠다며 고집을 부려

나와 갈등이 심했다.


결국 내가 졌다.


하고 싶은 것 다하고 살던 딸에게

재수는 첫 시련이다.

그 시련을
딸은 최선을 다해 극복하고 있다.
새벽부터 늦은 밤까지
바늘 하나 들어갈 틈 없이...


얼마 전 자신은
꼭 좋은 대학을 가고 싶다고 했다.
난 "네가 최선을 다하고 있으니
어떤 결과가 나와도 괜찮다."고 답했다.


진심이다.


자식들에게 바라는 것은
결과가 아니라 과정이다.
자신의 인생에 진지하고
치열하길 바랄 뿐이다.


그다음은 신의 영역.

딸이 자신의 인생을
당당히 대면하는 모습에 감사하다.


요즘 일요일마다 영어를 가르쳐 주면서
딸과 양념처럼 삶과 사회,
철학을 이야기할 수 있어 참으로 행복하다.


함께 성장하는 느낌이다.

# 연남동

선후배와 불금 와인.
세상과 시대를 움직였던
기라성 같은 선배들.
세상이 내 맘 같지 않은 나와 후배.

공통점은 세상도 변하고
선후배 모두 각자 제 각각 변하는 것.

다른 점은 각자 살았던 시대가 준
서로 다른 이질적 경험들.
서로 다른 관점들.

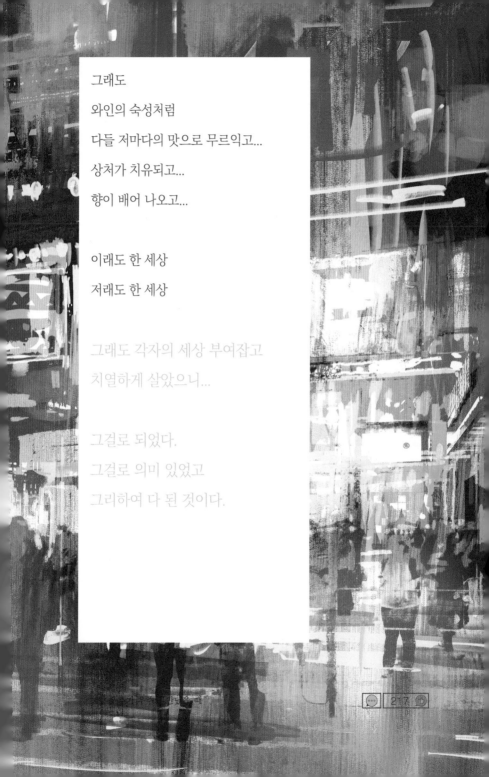

그래도

와인의 숙성처럼

다들 저마다의 맛으로 무르익고...

상처가 치유되고...

향이 배어 나오고...


이래도 한 세상

저래도 한 세상


그래도 각자의 세상 부여잡고

치열하게 살았으니...


그걸로 되었다.

그걸로 의미 있었고

그리하여 다 된 것이다.

딸이 좀 전에 방문을 열고

"아빠...고마워요.
영어 성적 많이 올랐어요.
아빠 가르쳐준 대로 했더니
지문이 술술 읽히고
듣기 평가도 잘 풀었어요."

행복하다. 많이...
아빠표 과외가 효과가 있다.
지가 최선을 다한 덕이겠지만
오랜만에 애비 노릇한 느낌.

딸이 문 닫고 나간 후

진심어린 감사 표현에

괜히 눈물도 찔끔...


하하하.

오늘 참 좋은 날이다.

# 어머니

깃털처럼 가볍고 여린 어머니.
편찮으시기라도 하면
내 마음은 천근만근이다.

어머니가 편찮으시다는
전화를 받고 반차를 냈다.
벌써 두 번의 위험한 고비를 넘기셔서
이런 전화를 받을 때면
마음이 철렁한다.

다행히 큰 이상은 아니다.
병원에서

먹던 약을 바꾸고

다음 진료 시간을 잡았다


점점 약해지는 어머니를 보며

더 굳건해져야겠다고 다짐한다.

.

.

.

돌아가신 아버지가 그립다.

# 벌초

아침부터 서둘러

아버지 묘소를 찾았다.

보통 6월 초에 벌초해드렸는데

이번에 좀 늦었다.


수북한 잡초를 다 정리하니

내 마음이 덩달아 정리되는 듯 좋았다.


아버지 옛날 집...

리모델링 끝났다고 보고 드리고,

어머니 건강이 걱정이라고

상의도 드리고...

고집 쎈 아버지와 아들이

아버지 살아생전엔 잘 나누지 않던

이런저런 이야기들...


아버지 좋아하실 듯하여

예쁜 꽃은 그대로 두었다.


속 시원한 하루다.

학교 가는데

딸이 날 불러 세웠다.

일찍 오라고...

잘 이해가 안 되는 환율에 대해

가르쳐 달라고.


사춘기 때

두어 번 크게 혼낸 이후

딸과 멀어졌다.


어떻게 다시 가까워질지

방법을 찾지 못했다.

오늘 딸아이가
살짝 내게 다가왔다.


나도 기쁘게
한발 다가갈 수 있을 것 같다.


어떻게 환율을
쉽게 설명할지
하루 종일 기분 좋은
고민을 해야겠다.

# 침묵

소박한 술상.

나의 친구가

나의 초라함을

나의 아픔을

묻지도

따지지도 않고

묵묵히 함께 마신다.


그렇게 또

세월은 지나고

고마움은 쌓인다.

종합시험이 코앞이라
동기들과 스터디를 했다.


우리들 중 막내의 열강.
동생은 문과 출신 통계 저능아인 나와
다른 늙은 형들의 부족함을
메워주려 최선을 다했다.


어쩜 교수님보다
더 쉽게, 더 친절하게...
우리들의 눈높이에서
요약정리를 너무도 잘해주었다.

더할 나위 없이 좋은 선생님.

열 살도 더 아래인 동생이지만
가르침이 훌륭하니
선생님이다.

늙은 형들은
소박한 삼겹살 점심으로
감사함을 대신했다.

젊은 동생의 도움으로
모르는 것을 깨우치는 기쁨이 크다.

내일 친구 모임이 두 개.
육아할 나이에서 벗어나니
다들 조금씩 자유로워진다.
자연스레 주말 모임이 늘어난다.


시속 40을 지나 50km로
세월은 달려가지만
우리끼린 한 차를 탄 사람들이
서로를 바라볼 때처럼 속도감이 없다.


몇 년이 지나도 엊그제 본 것처럼
서로의 노화를

외양만으로는 눈치 채기 어렵다.

하지만 몇 마디 말을 섞으면
이내 느껴지는 세월.

요즘 대화는 십중팔구...
얼마나 더 직장 생활을 할지.
건강에 적신호는 오지 않았는지.
사춘기 아이들과
어찌 전쟁을 치르고 있는지.

그 나이 겪어 넘겨야 할
바로 그 현실들이
세월을 일깨워준다.

혼자였다면 버거운 세월나기가
친구들과 서로 보듬고 격려하니
한결 수월하다.

친구는 자칫 형벌 같을 수 있는
세월을 견디라
신께서 보내신 수호자.

사랑한다. 친구들아.

술

술을 좋아한다.

술 마시며 만나는 사람을 좋아한다.

술을 곁들여

사람과 나누는 대화를 좋아한다.


그래서

대가를 치른다.

돈을 많이 쓴다.

술값 모았으면 집 한 채?


돈은 돈대로 쓰고

숙취에 고생할 때도 많다.

돈 쓰고 고생하고,

심지어 가끔 실수해 점수를 깎일 때도 있다.


그래도...

술을 끊을 수 없다.

술을 못 끊는 게 아니라

사람을 끊을 수 없어서다.

(너무 아름답고 그럴듯한 핑계 아닌가?)


술과 사람.

너무 끈끈하게 이어져 있다.

원래 중독성 강한 대상들이 그렇다.


담배는 끊었지만

이놈의 술은 어려울 것 같다.

끼리끼리 나와 어울리는 벗들도

대개 그런 부류인 것 같다.


그냥 순순히 술을 받아들이고,

건강히 오래 술 마시며
곱게 늙는 걸 목표로 살란다.


오늘 양재와 인천, 뒤늦게 과천까지
술 약속 세 개.
거리 때문에 하나를 선택해야 하는
이 선택의 순간이 괴롭다.

# 호명

저녁 수업 중에 전화가 왔다.
캠프 동기, 후배들,
술 먹으러 오라고...


끝나자마자
한걸음에 달려갔다.


나이가 들수록
찾아주는 사람이 고맙다.


유명인도,
돈과 권력이 있는 것도 아니고,

뭐 별 볼 것도 없는데...

이 초라한 존재의
얼굴을 떠올려
기억해주니 고맙다.

잘살든 못살든
다 살아 있으니 되었다.

안도와 위안.
그리고 동지애로
오늘도 끝내 행복하게 종결되었다.

긴 터널을 뚫고 온
우리들만의 자축연.
겨우 생존했다는 안도감.


성적이 뜰 때까지
잠시 느끼는 해방감.


그리고 곧 맛볼 자괴감.


시험 문제를 꼬아 낸 교수와
과제 폭탄을 안긴 교수에 대한
성토 혹은 투정.

그리고 자정 마감 시간

아슬아슬 과제를 제출했다는 무용담.


다른 사람들에게는

하나도 재미없는

우리만의 이야기지만

우리끼리

공감과 공유...


이렇게 함께 늙어갈

좋은 벗이 되어간다.

# 아들의 졸업

어린 나이에 아이를 낳은 나는
서툰 아빠였다.
세상일을 쫓아다니느라
놀아주지도 못한 무심한 아빠였다.


그래서
좋은 아빠도,
친구 같은 아빠도
되지 못했다.


그렇지만 아이는 훌쩍 자랐다.
벌써 키는 나와 견줄만하다.

이제 난 어떤 아빠가 될 수 있을까?

청년이 되어가는 아들에겐
어떤 아빠가 필요할까?

자식을 키우는 일에서
난 가장 부족함을 느낀다.

# 설렘

_____

딸아이가 가지고 싶어 하던

옷을 샀다.


아들 녀석 선물 고를 때와

다른 느낌이다.

살짝 설렌다.


마음에...

봄바람 한 줄기가 불어와 좋았다.

# 아버지

지난 일요일,

친구와 남산 둘레길을 산책했다.

아버지 추억 이야기를 했다.


고등학생 때 신학교를 가겠다고,

자퇴하고 검정고시로 가겠다고

난 고집을 부렸다.

내 마음을 돌리기 위해 아버진

날 남산 타워 전망대 식당으로 데려가

양식을 사주셨다.


이제 보니 세상을 넓게 보라는

의미였던 것 같다.

30여 년이 지나 내 아들과
진로에 대해 나름 진지하게
이야기했다.
만감이 교차했다.

그때 아버지가 떠올랐다.

애쓰셨구나.
사랑으로, 인내로.

아들이 30년 지나야 깨달을 수 있는 지혜를
사춘기 아들의 눈높이에 맞게 말씀하시느라
무진 애를 쓰셨던 거였다.

이제 그 아버지는 내 곁에 없으시다.
왜 배운 걸 깨닫기까지
이리 오랜 시간이 걸리는 걸까.

50 SO WHAT?

소중한 여러 우주가 내게로 다가왔다.

5장

매일 딱 1%
더 멋지게 살겠습니다

*I'm the main character of my life.*

# 불변 & 변화

연말 모임 대화엔 두 가지 주제가 충돌한다.
변한 것과 변하지 않는 것.
특히 신상 변화에 대한 대화는
불편함을 만든다.

상대적이어서
서로 비교하게 된다.

누가 더 성공했나.
누가 더 돈을 벌었나.
잘 나가다 망해 사라진 친구는 없나.
누구 자식이 더 좋은 대학을 갔나.

반면 연말 모임을
그나마 편안하게 만드는 요소는
변하지 않는 우정과
변하지 않는 공통의 옛 기억뿐이다.


그런데 이것도
매년 우려먹다 보면 재미가 없다.


불편함과 지루함을 없애려면
서로 비교할 필요 없는
나 자신의 참모습을 이야기하는 게
좋겠다는 생각이 든다.


세상을 보는 관점의 변화,
나이 들며 찾은 나만의 재미.
그리고 은퇴 후 하고 싶은 꿈들.


깊게 맛이 들어가는 친구에게
질투를 느끼진 않는다.

진짜 내 것을 놔두고

허상을 이야기하면 공허할 뿐이다.


나와 내 친구들이

각자의 색깔로 아름답게 나이 들기 바란다.

# 공부

2년 전 박사과정에 합격했다고 하니

후배가 놀렸다.

학위 수집병이 도졌다고.


난 정치학, 언론학, MBA

세 분야의 석사학위가 있다.

그리고 내친김에 박사까지 도전했다.


나 또한 가끔 의아할 때가 있다.

왜 난 공부에 집착할까?


가장 큰 이유는 생존 본능 때문인 것 같다.

 252

난 입바른 소리를 하며 살았다.
아닌 것은 아니라고 이야기했고,

때로는 온몸 던져 싸웠다.
그래야 직성이 풀렸다.

조직 생활을 하면서
미움 받기 딱 좋은 조건이다.
그런 나를 좋아해주는 동지도 많았지만
대척점에 섰던 적도 적지 않았다.

또 의도치 않게 풍파도 많이 겪었다.
다니던 방송사가 어느 순간 갑자기 없어지기도,
모시던 분이 불미스런 사건을 일으키기도,
조직에 정나미가 떨어지기도 했다.

굴곡진 인생 경로를 거치면서
내 몫을 하고 밥값하기 위해선
공부밖에 방법이 없었다.

조직과 직종을 옮겨 다녔던 내가

한 조직에서 오래 경험을 쌓은

조직 내 기존 인사들과

어깨를 견주고 일하기 위해선

학습을 통해 빨리 지식을 흡수하는 방법 외엔

지름길이 없었다.


즐거워서 했던 공부라기보다

살기 위해 했던 공부였던 것 같다.

생존을 위해 했던 공부가 어느 단계가 되니

나에게 뜻하지 않은 선물도 주었다.


여러 학문들이 뒤섞이면서

나만의 독특한 입체적 관점이 생겼다.

한국 사회의 정치, 경제, 언론

그리고 기술 발전의 상관관계를

어느 정도 볼 수 있게 되었다.


정치 논리로 사회를 보는 사람에겐

경제적 관점을...

돈만 이야기하는 사람에게는

시장에 영향을 미치는 정치와 기술 이야기를.

그리고 기술만 아는 사람에게는

비즈니스 모델의 중요성을

이야기해 줄 수 있게 되었다.


한 분야를 오래 깊게 파지는 못했지만

나만의 독특한 지적 캐릭터가 생긴 것 같다.


이번 학위를 끝내면 마지막 도전으로...

문학을 하고 싶다.


영문학이든 국문학이든

더 이상 생존과 직결되지 않는,

머리가 아니라 가슴으로 배워

나를 더 가득 채울 수 있는 그런 공부를 하고 싶다.

이제야 겨우 공부를 즐길

마음이 생기는 것 같다.

# 즐기는 신인류

"즐기고 행복하면 그걸로 만족해요."
이강인이 결승전을 앞두고 한 인터뷰다.


즐기는, 즐길 줄 아는 사람.


학생 때 외국인 친구가
내가 유독 have to 혹은 must를
많이 쓴다고 지적한 적이 있다.
"~해야만 한다."
의무감 가득한 말이다.


나도 의무감에 짓눌린 답답한 내가 싫었다.

그 후 좀 더 즐기며 살려고 노력했지만
이내 내 인생은 의무감이 지배했다.
우리 시대는 주로 그랬다.

살다 보니
아무리 의무감에 노력해도
즐기는 놈 못 당하는 걸 알게 됐다.

즐김이 분출하는 에너지는
무한하다.

'많이' 늦었지만 나도
인생을 즐기는 마음으로 살려고 한다.

이강인, 류현진, 손흥민, 김연아...
세계를 제패하는
즐길 줄 아는 신인류의 등장이 반갑다.

그들의 멋짐이 부럽다.

피트니스센터 등록 기간이 끝났다.

6개월... 꾸준히 했다.

체형도 변했고,

체력이 좋아진 것을 느낀다.


운동을 시작하도록

자극을 준 친구에게 감사.


부작용은

주름이 늘었다는 것.

살 빠지면서

자글자글해진 느낌.

하나를 얻으면
하나를 잃는 게 세상 이치다.

이번엔 1년을 신청했다.
그전엔 결심한 걸 실천하는 일이
나와의 싸움이란 생각을 많이 했는데
이제 나랑 싸우기 싫다.

그저 즐기려 한다.

가벼워진 나.
청바지 입는 나.
어제보다 1% 멋있어진 나.

오늘도 땀 흘려 좋았다.

# 기도

가끔 기도한다.

미혹되지 않기를...

권력, 돈, 욕망...


그래도

일상의 삶에서

비굴하지 않을 자위력,

궁색하지 않을 경제력,

사람을 진심으로 대할 사랑은

내 노력으로 얻게 해달라고.


권력, 돈, 욕망과

260

비슷해 보이지만
본질적으로 다른 삶의 가치,
바로 그것을 얻는 데
성심을 다하게 해달라고.

또,
매일 실수와 잘못을
반복하는 인생이지만
가급적 어제의 실수를
내일 하지 않게 해달라고.

기도는 해보지만
염원이 실현되는 그날은 언제일까?
마음을 따라도
도리에 어그러짐 없는 그때는.

(從心所慾不踰矩)

지금 같아선 관 뚜껑을
덮을 때나 가능할 것 같다.

그래도...
오늘보다
1% 더 괜찮은 내일의
삶을 살겠다고

이 밤
스스로에게 약속해본다.

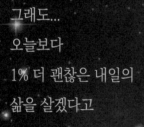

가장 인구가 많다.

70, 71, 72 거의 비슷하다.
매년 100만 넘게 태어났다.
지금 출생아의 세 배 정도다.

이 세대는 20대 때 X세대라는
세련된 낙인도 얻었다.

나도 미국 교환학생도 다녀오고
나이트에서 춤도 좀 췄다.
운동권 선배들과 거리를 뒀고,

뭔지 잘 몰랐지만
자기만의 개성이란 걸 찾아보았다.

한 가지 분명한 건
우리가 처음으로 획일적인 걸
따르지 않은 첫 세대라는 것이다.
그래서 구심점이 없다.
각자도생이다.
집단적 파워가 약하다.

하지만 그 때문에 이전 세대보다
민주적이고 창의적이다.
정치는 386이 지배하지만
문화 쪽 깃발을 든 건 우리 세대다.

난 50을 바라보는
우리 세대의 역할이
다양성과 개방성에 있다고 본다.
거창한 것이 아니다.

세력을 조직하자는 것도 아니다.

그저 "꼰대가 되지 않는 첫 세대"가 되는 것.
우리가 연 다양성의 시작을
후세대가 더 꽃피울 수 있도록.
지금 내 위치에서
다음 세대의 바람과 창의적 목소리를
더 듣고 함께 하는...

조금 더 나아가
다양한 삶의 양태를
그대로 인정하는 첫 기성세대.

수많은 다양성.
수많은 멋짐.
수많은 어우러짐.
수많은 가능성...

이 멋진 세계를 여는 첫 세대.

경쟁과 굴곡 있는 시대 땜에 시달린
71년생, 그리고 70년 초반 세대지만
신께서 하나쯤
멋진 역할을 숨겨 두셨을지 모른다.

그게 난
'꼰대가 되지 않는 첫 기성세대'였음 좋겠다.

스스로도 즐겁고
다음 세대도 행복한
멋진 미션일 것 같다.

박사과정 4학기

마지막 수업.


수업 마지막 PPT다.

조금 전까지

상형문자 같은 수식으로

계량경제 방법론을 가르치던 교수님이

마지막에 1840년 아편전쟁에 대한

조선과 일본의 인식 차를 설명해 주셨다.


중국 패권의 몰락에 대해

천지가 개벽했다고 여기는

일본의 날카로운 현실인식과

아직도 변한 게 없다고

안일하게 받아들이는 조선.


그 차이가

양국의 운명을 갈랐다는 설명이다.


교수님은

AI의 등장을 필두로 한 4차 산업 혁명이

그러한 변화와 유사하다는

말씀을 하고 싶으셨던 거였다.


그러면서 머리에 서리 내린 우리들도

변화에 늘 대비하라는 말씀을 하셨다.


개인이든 국가든

도전에 응전할 수 있어야

생존할 수 있다는 뜻으로 알아들었다.

변화를 만들든,
변화에 굴복하든
둘 중 하나다.


둘 다 고통스럽지만
이왕이면 주인 된 삶이고 싶다.


마음을 다잡으며
이렇게 올 한 해를 마무리한다.

함께 학교를 다녔던

형, 동생들과 계획을 짰다.


2027년.

내가 57이 되고

형들은 60 언저리가 되는 때.

막내도 50 중반.


중고 버스 한 대를 개조해 캠핑카를 만들고

블라디보스토크에서 출발해

시베리아를 거쳐 유럽과 아프리카,

그리고 아시아를 1년 동안 돌고

다시 북미와 남미까지.

북을 통과할 수 있다면

평양과 개마고원을 거쳐.


2025년부터는

우선 국내에서

사전 준비 투어를 가기로 했다.


협찬을 끌어오고

여행 과정을

유튜브로 방송하기로.

여행의 스토리 라인을 잡는 작업은

글쟁이 출신인 내가.


행선지를 미리 알려 잠깐 동행할 친구들도

중간에 태우기로.


정비담당,

요리담당 등도 정했다.

어차피 그때쯤이면

다 집에서 찬밥 신세일 테니

우리끼리만 가는 걸로.


벌써 자원자만 6명.

2~3년 전 처음 이야기 꺼냈을 땐

갸우뚱하던 주변 지인들이

점점 더 관심을 갖는다.


꼭 이루고 싶은 꿈이다.

우리가 태어난 지구에서

세계인으로, 집시로 살아보는 것.


종잣돈도 모으고,

체력도 다지고...


꿈이 있으니 살아있는 느낌이다.

5장 매일 딱 1% 더 멋지게 살겠습니다

모 경제방송의 대담 프로에 출연했다.

기자로 뉴스 해설을 위해

생방송 출연한 이후 10년만이다.


Edutech와 회사 전략,

미래 사업 전망 등을 이야기했다.


방송은 언제나 묘한 긴장감을 준다.

글은 표정을 숨길 수 있지만

방송은 미묘한 감정 변화도 다 드러난다.


말의 빠르기, 높낮이, 강약이

모두 신뢰성과 전달력에 영향을 미친다.

긴장을 한순간이라도 늦출 수 없다.


10년 만의 방송출연을

큰 실수 없이 끝낸 것만으로 만족한다.


오늘 방송을 통해 설명한

조직과 나의 미래 청사진이

실현될 수 있도록...

신발 끈 조여 매고...

# 정체성

아들, 남편, 아빠,
언론인, 조합원, 공무원, 경영인
그리고 학생...

내가 거쳐 온 길.
나의 정체성.
끝난 것도, 진행 중인 것도 있다.

끝났다고 그 흔적이
사라지는 건 아니더라.
기자의 DNA,
노동자 의식,

공무원의 시각이 내 안에 남아있다.

나를 구성하는 요소다.


생각지도 않던

아직 어색한 정체성이 추가됐다.

출판인...

원고 청탁을 받아 쓴 글이

출판협회 월간지에 실렸다.


출판인 리그에 초청받은 느낌.


추가된 정체성은

나를 어떻게 변화시킬까?

꼼꼼한 편집인,

고뇌에 찬 작가의 색깔이 시나브로 스며들까?


구르는 눈덩이에

눈이 더해지듯

새로운 정체성이 덧붙여진다.

정체성이 더해질 때마다
내가 시시각각 변한다.

그것도 나다.

꽤 긴 출장을 간다.
동유럽, 중앙아시아의 두 나라 그리고 베트남.
나와 회사가 갈 새 길을 내기 위해.

아무도 가보지 않은 길이어서
설레기도, 걱정되기도, 힘들기도 하다.
하지만 내가 선택하고 만드는 길.
즐기면서 가려 한다.

한 5년 후쯤,
내가 낸 길을 많은 사람들이
거닌다면...

행복할 것이다.

첫 길,
곧고 끊이지 않도록...
최선을 다해.

나에게 변화가 또 시작된다.

도전적이다.

새로운 변화에 적응하고 극복해야 한다.

지난 20년

내 삶은 늘 변화와 도전이었다.

때로 변화가 주어지기도 했지만

내가 그 변화를 만드는 주역이기도 했다.

피곤하고 힘겨웠지만,

의도치 않게 변화에 대한

적응과 극복이 체질이 됐다.

이제 변화와 도전을 즐기려 한다.

고요하지만 굳건하게
그 변화를 주체적으로 설계해
맞으려 한다.

이제 변화가 날 뭉개거나
좌우하는 일은 없게 할 각오다.

내 삶은 내가 결정한다.
단호하고 치열하게...

남은 생 양보할 수 없는 나의 목표다.
남은 생 1%씩 매일 앞으로 나갈 거다.

영화 '체 게바라'

무려 대한극장까지 갔다.


뭔가 뜨거운 걸

확인하고 싶었던 나에게

좀 평범했다.


혁명에 가장 중요한 것이

무엇이냐는 질문에

'사랑'이란 체의 답 정도가 마음에 남았다.

진실, 사람, 자유에 대한 사랑.

평범한 스토리에 좀 실망스러웠다가...

시간이 지나며 생각이 바뀌었다.


'체'도 평범한 우리 삶과

그닥 다르지 않았을 것 같다.

영화도 그걸 그리려 한 것 같다.


체도 그의 삶 99%는

사랑하고

연민하고

공부하고

노동하는 삶을 살았고.


나머지 1%,

분노해야 하는 순간 분노했고

실천해야 하는 순간 실천했던 것 아닐까?


영웅의 위대함이

우리 삶의 평범성과

괴리된 것이 아니라는

이야길 하는 것 같았다.


생각하게 하는 영화였다.

마지막 페이퍼.

한 학기가 모두 끝났다.

할 수 있는 최선을 다했다.


최선.

더할 나위 없는 상태.

결과는 모르겠으나

과정은 그러했다.


내게 주어진 시간과

체력, 지력을 다해...

몰두할 것이 있어서 행복했고,
몰두해서 성장했으며,
몰두해서 고통을 잊을 수 있었다.

이제 좀 놀 거다.
주말에 설렁설렁
산책도 다니고,
낮까지 침대에서 뒹굴거리고,
못 본 영화도 몰아서 보고,
낮술도 마시고.

고삐 풀린 망아지처럼,
나사 풀린 기계처럼.
한동안 오작동.
아...설렌다.

# 백조의 발

시험을 앞두고

연구실에 쭈그리고 앉아

정리한 노트를 보고 또 본다.


나이 마흔아홉,

팔자가 좋은 건지,

기구한 건지.


배우는 것을 좋아하지만

그 과정에서 넘어야 하는

이런 저런 테스트들은 분명 힘들다.

성과도 마찬가지.

달성한 결과물은 달콤하지만

거기 도달하기까지 해야 할

수많은 번거롭고 힘든 일들.


수면 아래 백조의 발처럼

아등바등하는 것이

우리 일상의 실제 모습.

그리 우아하지도 유쾌하지도 않은...


영광은 찰나이고

거기에 이르는 길은 긴 수고다.


그 수고를 고통으로 인식하는 것과

반대로 즐거움으로 인식하는 것.


행복을 결정짓는 차이인 것 같다.

# 자기최면

나이가 더 들면,

그림을 배울 거다.

자화상부터 잔뜩 그릴 생각이다.

물론 친구들도 그려주고.


더 늙기 전에

보디빌딩도 하고 싶다.

큰 근육보다 잔 근육을 다듬을 생각이다.


그리고

요리를 할 거다.

나이 먹어서 구박받지 않고

내가 먹고 싶은 거 내가 만들어 먹게.

그리고 마침내...
개조한 버스를 몰고
마음 맞는 친구 두셋과 한 1~2년
세계 구석구석을 여행할 것이다.

삶이 지치고 무료해질 때
스스로 이런 최면을 건다.

내 마음 깊이 하고 싶은 걸
할 수 있을 때가 곧 다가온다고.
좀만 더 버티자고.

그리 살짝 바람을 넣으면
잠시 생기가 돈다.

그런데 요즘은
비현실적인 것 같았던 먼 꿈들이

내일이라도 당장 일어날 수 있는

일처럼 느껴진다.


아...

나이가 들긴 들었나 보다.

조금만 더 버티자.

그날은 곧 온다.

# 지속 가능한 놂

남은 인생 자유롭게 살고 싶다.

산티아고 순례길,
여행에서 만난 분들과
농담 반 진담 반으로
'지속 가능한 놂'을 지향하자고
뜻을 모았다.
경제력이 어느 정도 뒷받침된
언제든 여행이 가능한 여유.

누구나 꿈꾸지만
누구든 쉽지 않은.

'지속 가능한 늚'

자유로움을 얻기 위해
부를 어느 정도 이뤄야 하고,
부를 이루기 위해
대부분 죽을 때까지 일하고,
결국 자유를 얻지 못한 채 죽는
서글픈 인생이 일반적이다.

그 부가 어느 수준인가?

어느 순간 결단을 내려야 한다.
나를 자유롭게 하는 부는 과연 어느 수준인지.
세상 시선에서 자유로울 마음의 상태인지.
아님, 탐욕을 채워야 끝날 수준인지...

난 세상의 시선에서 자유로운 영혼은 봤어도
탐욕을 조절하는 영혼은 보지 못했다.
나도 어느 순간,

어느 대목에서

어떤 방식으로

자유로울 수 있을지

그리고 그 자유를 어느 시점에서

주체적으로 감행할지

결정해야 할 때가 다가오는 것 같다.

5장 매일 딱 1% 더 멋지게 살겠습니다

# 롤모델

롤모델을 찾았다.

'가회동 집사 빈센트
(쓸모 있게 나이 들기)'라는
TV 다큐에서.

68살에 요리,
집안 수리,
가구 만들기,
요가...
못하는 것이 없다.

주변에 대한 배려와 사랑.
그리고 유머...
얼굴은 주름졌지만
아기 웃음이다.

해맑은 웃음 뒤에
엄청난 철학과 실력을
쌓은 걸 숨길 수 없다.

그 분처럼 늙고 싶다.
배워야 할 것.
도전해야 할 것.
즐길 것들이 잔뜩 구체화됐다.

상상만으로 신나는 밤이다.
오늘을 꼭 기억하자.

유럽 교육 출판계 리더들과 다시 만났다.

1년 만이라 더 반갑다.


멀리 떨어져 있지만

고민은 비슷하다.


교육의 디지털화에서

각 기업들은 어떻게 살아남을 것인가?

누가 시장을 장악하고,

누가 사라질 것인가?


4차 산업혁명 혹은

Digital Transformation이
교육에도 깊숙이 들어왔다.

4차 산업혁명은
반드시 정치 경제학적 고민과 연구가
뒤따라야 한다.
부의 생산과 분배, 권력, 노동,
사회 안전망, 교육...
그리고 심지어 인간관계와 가족관계까지
해체하고 새로 만들어낼 것이기 때문이다.

내 생애에
이런 변화를 맞게 된다는 건
흥분되기도, 두려운 일이기도 하다.

사는 게 점점 복잡하고 어려워진다.

등교했다.

내 아이들도 나도.


2년 전 산티아고 순례길을 걸을 때

사람들은 순례자들이 축복받았다고 말했다.

800km를 걸을 체력.

한 달여의 시간.

그리고 여행경비를 마련할 얼마의 여력.

이 세 개를 동시에 갖는 사람은

얼마 없다는 거다.


학교를 다니며 같은 느낌이다.

학비를 마련할 수 있는 작은 여력,

일과 공부를 병행할 체력.

그리고 이미 커버려 주말에

나를 찾지 않는 아이들이 주는 자유시간.


늘 만족스럽진 않지만

그래도 주어진 것에

감사해야 한다는 것을

문득 문득 깨닫는다.

작은 격려가 때론 사람을 살린다.

이런저런 이유로

한동안 힘겨웠던 내게

작은 위안거리가 생겼다.


학교에서 장학금을 준다고

연락이 왔다.


지난 학기,

벅차게도 4과목이나 수강했고

빈번한 해외 출장 때문에

거의 쉬지 못했다.

일 아니면 공부였다.

힘겨웠고 방전됐다.

적지 않은 후유증 때문에 고생 중이다.


단비처럼 와 줘서 고맙다.

오늘 나는 나를 충분히 칭찬해주고 싶다.


수고했다.

애 많이 썼다.

50 SO WHAT?

어제보다 1% 멋있어진 나.

# 특별장 1

사람 사는 세상

*I'm the main character of my life.*

# 루시퍼 이펙트

"악한 구조는 선한 결과를 낳을 수 없다." 시위 현장에서 마이크를 잡고 내가 했던 말이다. '루시퍼 이펙트'라는 책에서 차용했다.

걸프전 이후 이라크 포로수용소에서 수인들을 학대하던 미군들은 대부분 착한 아들이자 딸이었고 건강한 시민이었다.

하지만 폐쇄적이고 무제한의 힘을 행사할 수 있는 수용소에서 어린 군인들은 폭군이 되었다. 포로들을 대상으로 마치 게임처럼 고문과 살인 같은 전쟁 범죄를 저질렀다. 우리가 속한 조직에서 사람들이 나쁜 행동을 하거나 모럴 해저드에 빠지는 것은 개인 문제도 있지만 많은 경우 구조적 결함에 기인한다.

악을 방치하거나 조장하는 구조...

조직 문제에 대한 근본 처방은 대부분 구조를 건드려야 하는데 이게 쉽지 않다. 많은 이해가 걸려있기 때문이다.

조직의 구조를 건강하게 만드는 사람이 용기 있고 능력 있는 진정한 리더라고 본다. 좋은 리더는 건강한 구조를 만들어 구성원 모두와 함께 잘 살고, 나쁜 리더는 악한 구조 속에서 패거리의 이익을 추구한다. 우리의 사회적 삶이 불행하거나 고달파지는 건 전자보다 후자가 많기 때문이다.

난 어떤 리더이자 팔로워인가? 늘 숙제다.

# 힘 빼기

국회 출입 기자를 할 때 국회 주변 사람들 모두 등 뒤에 칼을 하나씩 숨기고 있단 생각을 했다.

첫째, 만만한 사람이 없다. 한국사회의 작동 메커니즘을 잘 알고 있고, 권한이 있으며, 정보와 인맥이 방대하다. 한마디로 힘을 알고, 쓸 줄 안다. 둘째, 야수의 삶을 살고 있다. 육식 동물처럼 언제 사냥에 성공할지 모른다. 선거에서 지면 오랫동안 굶는다. 따라서 기회를 포착하면 사력을 다한다. 셋째, 갑을 역학관계를 적절히 활용할 줄 안다. 을을 다루는 게 직업인 사람들이다. 을인 기관이나 사람들은 단단히 각오해야 한다. 한마디로 힘이 세다. 그 힘을 잘 쓰면 슈퍼맨이지만 조금이라도 삐끗하면 괴물이 된다.

친했던 선배가 국정농단 세력의 한 명으로 거론될 때 두렵고 허망했다. 교도소 담장을 걷는 일이 너무 빈번하다. 자꾸 불행한 일들이 반복되는 것이 안타깝다. 여의도 분들이나 국민 모두 행복하려면 그분들이 힘을 빼는 게 좋겠다.

제도적으로, 또 스스로 심리적으로 자신에게 주어진 권한을 자신의 정체성인 양 착각하지 않았으면 좋겠다. 권력을 갖게 되는 순간, 그리고 권력을 가진 사람을 모시는 순간, 또 권력과 친분으로 한자리 얻게 되는 순간. 국민에게 위탁받은 자이거나 그 위탁자의 대리인 정도에 불과함을 늘 상기해야 한다.

힘을 빼지 않으면 그 힘을 빼앗길 확률이 높아진다. 국민 혹은 사법 기관에... 직설적으로 말하면 교도소 담장 안쪽으로 떨어질 확률이 커진다. 우리나라를 좌우하는 분들이, 세상을 움직이는 사람들이, 특히 내가 아는 선후배들이 보다 행복하고 존경받으며 보람 있게 일하는 모습을 보고 싶다.

# 미디어의 미래

플랫폼과 클라우드를 기반으로 전 세계에 시공의 장벽 없이 동시에 콘텐츠를 공급하는... 미디어 서비스 작동원리가 바뀌고 있다. 플랫폼을 지배한 몇몇 기업과 이를 이용하는 프로슈머를 중심으로 시장이 빠르게 재편 중이다.

유튜브, 넷플릭스가 빠르게 각국 미디어 산업의 기반을 잠식하고 있다. 중간이 사라지거나 축소된다. 영향권은 미디어 산업 전체다. 방송 신문 가릴 것 없이. 전 세계 시장을 겨냥해 엄청난 자본을 투입해 만든 작품이나 역으로 개인의 취향에 따라 만든 영상으로 미디어 소비가 양극화된다.

지상파 방송사의 드라마 같은 콘텐츠는 어정쩡한 위치에 놓이며 경쟁력을 잃고 있다. 아주 좋거나 개인 취향에 맞추거나 둘 중 하나다. 이걸 해내지 못하는 미디어 기업은 빠르게 사라질 것이다. 나의 옛 친정과 동지들도 태풍의 영향권에 들어가게 되어 안타깝다.

요즘 가장 겁나는 건 변화를 인지할 때쯤이면 이미 돌이킬 수 없는 상황에 내몰린다는 것이다. 우리 모두 힘든 시대를 살고 있다.

# 개혁 vs 저항

많은 조직의 수장들이 직을 시작할 때 하나 같이 하는 말이 있다. "혁신하겠다." 혹은 "개혁하겠다." 그렇다면 그 조직의 구성원들은 그 혁신 혹은 개혁을 반길까?

겉으론 혁신해야 한다고 하지만 사실 현상 유지가 인간의 본성이다. 또 현상 유지 노력은 혁신과 개혁이 유발하는 불확실성과 위험을 줄이는 합리적 선택이란다. 그래서 대부분 사람들은 겉으로 혁신과 개혁의 필요성을 수긍해도 뒤로는 저항한다.

조직에서 혁신 혹은 개혁을 주도하는 사람들이 모함과 견제에 시달리는 것도 이 때문이다. 국가 차원에서 개혁 드라이브를 걸면 곧 국민 피로감이란 단어가 언론에서 튀어나온다.

그런데 아이러니하게도 변화해야 할 순간 개인, 조직, 국가가 스스로 변하지 못하면 결국 외부충격에 의해 변화가 강제된다. 식민의 슬픈 역사, IMF 등이 그 예다.

요즘 여러 나라를 다녀 보니 우리의 혁신 속도가 늦다는 것을 피부로 느낀다. 개혁도 제 방향을 잃기 십상이다. 혁신과 개혁에 따르는 사회적 갈등과 저항을 잘 풀고 생산적으로 정책을 이끌 리더십이 부족하기 때문이다.

격변의 시기, 다시 어떤 형태로든 변화가 외부로부터 강제되지 않기를 바란다. 그건 너무 고통스럽기 때문이다.

# 구유

학교 정문 앞에 구유가 만들어졌다. 매년 구유의 모습이 달라진다. 몇 년 전엔 판잣집 모습이었다. 올해는 특별하다. 성모님이 저고리를 입은 소녀와 아기예수를 함께 안고 계신다. 아기 예수가 그 소녀의 볼을 위로하듯 쓰다듬고 있다.

촛불혁명에도, 3만 불 소득에도, 여전히 위안부 할머니처럼 억울하고 소외된 사람들이 넘쳐난다. 각자도생에 내몰리는 외로운 사람들. 정쟁의 볼모가 된 어리고 억울한 죽음들. 그리고 오열하는 가족들. 나 역시, 토닥임을 받고 싶다. 누구도 행복하기 어려운 대한민국. 이제 기성세대가 된 내가 누구를 탓하기도 어렵고 후세에 미안하고 부끄럽다.

# AI

AI 관련해 토론할 때 언급됐던 영화를 챙겨봤다. 'Her'라는 영화. 단순한 SF 영화가 아니었다. 과학의 발전 방향을 보여 주면서 동시에 인식론, 존재론, 우주론까지 다뤘다. 또 사랑이나 우정 같은 인간의 감정을 잘게 미분해버렸다. 결국 삶을 구성하는 주요 요소인 사랑의 의미까지 다시 고민하게 만든다.

나도 AI 분야에 서서히 발을 담그고 있지만 다가올 미래가 종종 두렵다. AI의 발전이 가져올 낙관적 결말이 대량 실업, 비관적 결말은 인류 절멸이라는 어떤 책의 결론이 떠올랐다. 너무 빠른 변화가 아날로그 인간들에게 분명 과부하다.

# 기생충 & 접촉사고

영화를 보다가 집이 침수되는 장면에서 IPTV를 껐다. 더 이상 보지 않았다. 너무 아픈 빈부격차의 현실적 비유를 목격하기 괴로웠다. 오스카에서 상을 탔다는 소식에도 여전히 그 결말을 볼 용기가 나지 않는다.

옛 동지들과 잔뜩 술을 마시고 대리로 집에 돌아오는 길에 기사분이 경미한 접촉사고를 내셨다. 내게는 작은 긁힘. 그분에게는 몇 날 밤에 걸친 노동의 대가를 날릴 중대 사건. 솔직히 잠시 주저했지만 그냥 문제 삼지 않기로 하고 기사분께 안전운전만 당부했다. 거대한 자본주의의 부속품끼리 아옹다옹하기 싫었다.

자본주의. 일부를 빼곤 누구든 부속품인 사회. 플랫폼과 AI의 등장으로 점점 더 쏠림이 가속화되는 사회. 브레이크를 걸지 않으면 파열인데, 지도자로 나서는 이들 중에 파국으로 향하는 질주에 브레이크를 걸 능력이나 의지를 가진 자가 안 보인다. 그래서 애달프다. 우리의 수고와 힘든 일상이.

사람이 기쁨이고
사람이 사랑이다.

사람이 아픔이고
사람이 질곡이다.

사람이 역사고
사람이 현실이다.

사람이 경제고
사람이 정치다.

사람 사는 세상,
사람이 처음이고, 끝이다.

삶은 그냥 사람 그 자체다.
전부 다, 모든 것이다.

사람을 주인으로 섬기지 않는 정치,
사람을 수단으로 삼는 경제,
사람을 소외시키는 정책.
다 거짓이고 사상누각이다.

사람에서 시작해
사람으로 마무리해야 힘이 있다.

사람은 각자 우주여서 무한하다.
그래서 사람 공부는 끝이 없다.

# 사람

# 특별장 2

듣고,
쓰고,
말하다

*I'm the main character of my life.*

# 미분(微分)

사람도 미분할 수 있다. 글쓰기를 통해서 좋아하는 것, 의미를 두는 것, 현상에 대한 인식과 판단.

이런 것들을 기록하면서 나의 모습이 잘게 해체되고 더 분명해진다. 한동안 채를 썰듯 글쓰기를 통해 나를 미분해 볼 생각이다. 어느 정도 쪼개기 작업이 끝나면 그걸 적분해 다시 재구성할 것이다. 미처 몰랐던 혹은 너무 익숙해서 간과했던 내 모습을 다시 확인하는 작업이 나름 재미있다.

기자 때 글은 칼이었다. 옳고 그름을 판별했고, 때론 수술 칼처럼 썩은 부위를 도려냈다. 그 날카로움 때문에 글 쓰는 게 두려웠다. 정치인의 메시지팀장일 때 글은 마술이었다. 청중을 사로잡고 그를 철학자, 웅변가, 지도자 그리고 대중의 연인으로 만드는 기교를 부렸다. 하지만 결국 허망한 허업<sub>虛業</sub>이 되었다.

날 위해 쓰는 글은 MRI다. 나의 희로애락, 좋고 싫음의 단면을 잘게 쪼개고 관찰한다. 글을 쓸수록 더 세분화된다. 진짜 나와 가까워지는 느낌이다. 글을 쓰면서 우선 거추장스런 엄숙주의가 깨졌다. 주절주절 내 이야기를 하는 동네 푼수가 됐다. 그래서 편해졌다.

글을 쓰자 내 안의 많은 욕구가 해소되거나 정리됐다. 그래서 좀 더 안정적이 됐다. 글을 쓴 이후 내 미래를...지향하는 바를 구체적으로 그려보게 되었다. 그래서 이 나이에 앞으로 나아가겠다는 의지를 다지게 된다. 내가 쓰는 글이 날 만들고 있다.

올해 들어 매일 한두 편의 글을 페북에 올렸다. 두 가지 변화.

첫째, 매일 조금씩 생각하며 정리하니 내가 좋아하는 것, 싫어하는 것, 사물과 현상을 보는 관점 등이 뚜렷해지고 있다. 좋은 게 좋은 거란 생각에서 왜 좋은지, 그게 내게 어떤 의미인지 명확하게 정리하고 있다. 좀 더 행복으로 다가갈 수 있는 기준점을 세우는 것 같다.

둘째, 시간을 붙잡아두고 있다. 그동안 소중한 일상을 망각 속에 흘려보냈다. 그 시간은 사라지는 셈이다. 딸에게 경제를 가르쳐준 일, 학교에서 농구한 일, 사소하지만 행복한 일상이 글과 사진을 통해 내 역사가 되고 있다.

그전에 남을 위해 쓰던 기사나 연설문은 나를 변화시키지 못했지만 나를 위해 쓰는 글은 나만을 위한 가치를 만들어내고 있다. 좀 더 내 삶이 충만해지는 느낌이다. 당분간 가급적 매일 글을 써 볼 생각이다. 40대 마지막 해, 글이 내 삶을 어떻게 변화시키는지 차분히 들여다볼 것이다.

# 문체

때로 내 문체가 독특하단 얘길 듣는다. 짧고 본론으로 훅 들어가는 글. 논리적이다가 갑자기 선동적인 문체. 감성적이면서도 냉기 도는 문장. 이런 평을 들으면 글에 묻어나는 삶의 궤적은 숨길 수 없다는 생각을 하게 된다. 짧고 야마(핵심)를 잡는 글은 10년 기자 생활이 배어있기 때문이다. 선동적 글쓰기는 정치인의 메시지를 쓰면서 더해진 색깔이다. 그리고 이런저런 학문을 공부하고 논문을 쓰면서 엄격하고 냉랭한 객관성이 더해졌다. 그래서 글은 나고 내 인생이다. 문체는 나의 성격이고 얼굴이다.

다음 달이면 그동안 쓴 글을 묶은 책이 나온다. 내 민낯, 속내를 담은 글이라 벌거벗은 모습이 부끄럽지만 어쩌랴 그게 난 걸.

그래도 인생의 전환점에 점 하나 찍고 돌아설 수 있어 다행이다. 이제 남는 반생 동안 나를 닮은 문체는 어찌 변할지. 무엇을 더하고 무엇을 뺄지. 가장 소망하는 것은 군더더기 없는 글과 인생이다.

오랜만에 언론과 인터뷰했다. 기자일 때 10년은 내가 상대를 인터뷰했고, 정치인의 참모일 때는 그를 위한 인터뷰를 준비했다. 이젠 남이 아닌 내 이야기를 하려고 한다. 거인의 어깨에 걸터앉아 그의 이야기를 대신하는 보완적 존재가 아니라, 거창하지 않아도 소박한 내 길, 내 이야기를 하는 사람이 되고 싶다.

오늘의 주제는 Edutech, 그리고 해외시장 개척. 이제 조금씩 내 이야기의 영역을 넓혀가고 싶다. 종국에는 사람 사는 세상 이야기까지 세상의 다양성에 조금 더 가치를 보태는, 나만의 이야기를 가진 화자話者가 되려고 한다.

# 합리적 반대

신뢰하고 아끼는 참모가 있다. 일도 잘하지만 내가 가장 높이 평가하는 대목은 합리적 반대를 할 줄 아는 것이다. 별로 눈치도 안 보고 때로는 내게 뼈아픈 지적을 한다. 방어를 할 때 진땀을 흘릴 때도 있다.

특히 비즈니스 모델을 만들거나 제안서를 쓰는 과정에서 토론이 격렬하다. 내가 제안한 모델이라도 무참히 깨질 때가 있다. 이 때 제기되는 뼈아픈 반론일수록 가치가 있다. 잘못된 기획이 조직 내에서 걸러지지 않으면 시장에선 돌이킬 수 없는 실패로 이어진다. 결과물을 내놓기 전에 안에서 담금질을 해야 한다. 단, 반대를 위한 반대, 합리성을 갖추지 못한 이견異見은 사절이다.

조직이 정치로 오염될 때 반대를 위한 반대 같은 현상이 벌어진다. 그럼 오히려 어정쩡한 절충안이 만들어지면서 조직의 생산성을 떨어뜨린다. 많은 고민과 분석을 토대로 한 '합리적 반대'여야 한다.

솔직히 듣기 싫을 때도 있다. 하지만 귀를 닫는 순간 나도, 조직도 망가질 것을 알기에 합리적 반대가 조직문화로 자리잡도록 노력하려 한다. 이런 저런 조직을 거치면서 리더가 완전무결한 존재인 것처럼 추앙하는 태도, 합리적 토론을 경원시하는 경직된 조직문화가 얼마나 파국적 결과를 만드는지 지켜보았다. 항상 경계하고자 한다. 귀를 닫으면 미래로 가는 문은 열리지 않는다.

*Epilogue*

# 에필로그

문득 50이라는 숫자가 엄중하게 다가왔다. 이미 반을 살았으니 나머지 반을 준비해야겠다는 생각이 들었다. 주변은 어떤지 둘러보았다. 문제 없이 잘사는 친구도 있지만 극히 일부였다. 50이 된 우리들은 세상의 무게에 짓눌려 있었다.

가정, 직장, 건강, 부모님... 책임져야 할 대상은 늘어나는데 점점 가냘파지는 두 다리로 근근이 버티고 있었다. 그냥 사는 거였다.

우리들의 얼굴은 어쩌면 고단한 한국 사회를 점점 닮아가고 있었다. 개성 강한 X세대. 여행자유화 1세대. 세계를 주유하고 내 색깔을 찾기 위해 고민했던 첫 세대지만 IMF 경제위기와 금융위기, 치열한 경쟁 등 힘든 세상사가 우리의 개성과 꿈, 젊음을 꺾어 놓았다.

인구수는 제일 많아도 세대를 대변한 목소리 한 번 제대로 내보지도 못한 억울한 세대이기도 하다. 그냥 이리 주저앉기 싫었다. 지난 50년, 나만의 서사를 정리하고 남은 50년의 미래를 설계하고 싶었다. 꼰대가 아닌 첫 기성세대이고 싶고, 늘 꿈을 꾸는 원숙한 청년이고 싶다. 건강한 몸과 마음으로 줄곧 도전하며 세상을 주유하고 싶다. 그런 희망을 글로 담았다. 글의 힘을 믿기 때문이다. 활자화된 글은 나 자신이고 글로 나의 미래를 설계할 수 있다고 믿는다.

이 책은 소중한 남은 50년의 시작이다. 새로운 인생을 자신의 지난 서사를 정리하는 것으로 시작하는 것도 꽤 괜찮다고 친구들에게 귀뜸하고 싶다. 우리는 매일 늙는 것이 아니라 조금씩 멋있어지는 것이다. 우리의 인생은 여전히, 기어코 아름다울 것이다.

친구들아,
건강하고 행복하자.

# 50 SO WHAT?

2020년 4월 24일 초판 1쇄 발행

| | |
|---|---|
| 글 | 노중일 |
| 펴낸이 | 티아고 워드Tiago Word |
| 펴낸곳 | 출판문화 예술그룹 젤리판다 |
| 출판등록 | 2017년 3월 14일(제2017-000033호) |
| 주소 | 서울특별시 영등포구 경인로 775 에이스하이테크시티 1동 803-22호 |
| 전화 | 070-7434-0320 |
| 팩스 | 02-2678-9128 |
| 블로그 | blog.naver.com/jellypanda |
| 인스타그램 | www.instagram.com/publisherjellypanda(@publisherjellypanda) |
| 트위터 | https://twitter.com/DCEDCvLqVeJCy5g |
| 책임 총괄 | 홍승훈 |
| 기획 편집 | 안지은, 유영 Anne |
| 마케팅 | 송재우, 데이비드 윤, 권현주 |
| 디자인 | 이지영 |
| 해외 저작권 | 백단비 |

| | |
|---|---|
| ISBN | 979-11-90510-07-3  03810 |
| 정가 | 15,800원 |